新潮文庫

清　明

—隠蔽捜査8—

今野　敏著

新潮社版

11609

清《せい》明《めい》

隠蔽《いんぺい》捜査8

1

警視庁は、玄関へのアプローチが長く、一般人が近寄りにくいが、神奈川県警本部もその点は負けてはいないなと、竜崎伸也《りゅうざきしんや》は思った。

そびえ立つビルの正面には、警備係の詰所があり、出入りする車両や人物をチェックしている。

ビルの上階に円盤を埋め込んだような独特のデザインだ。文京区役所とコンセプトは似ているが、あちらのほうがはるかにインパクトがあると、竜崎は思っていた。

もちろん、神奈川県警本部にやってくるのは初めてではない。しかし、以前とは気分が違う。

警視庁大森警察署から異動になり、今日着任の申告をするのだ。

大森署から直接やってきたので、警視庁の公用車に乗っていた。厳密に言うと規定違反なのかもしれない。

すでに竜崎は警視庁の人間ではない。かといって、まだ神奈川県警の公用車を使う手筈《てはず》は整っていない。

こういう場合は、電車などの公共の交通機関を使うべきなのだろうか。そこまで考えて、ばかばかしくなった。そんなことに目くじらを立てる者がいるとは思えない。

悪意を持ったマスコミなどが、大喜びでネタにしそうだが、もしそんなことになっても別に気にしない。そんなことを糾弾するような媒体はどうせろくなものではないのだ。

「到着しました」

運転手役の係員がそう告げたのは、午後四時頃のことだった。

「ご苦労だった」

竜崎はそう言って車を降りようとした。

「竜崎署長」

運転手が言った。彼は警務課の係員だ。

「何だ?」

「署長の車を運転できて、光栄でした」

一瞬、どうこたえていいかわからなかった。反抗してくる相手にならいくらでも対処できる。だが、こういう相手にはどうこたえればいいのかわからない。

「俺はもう署長じゃない」

「私の車にお乗りの間は、署長です」

竜崎はうなずいて言った。

「気をつけて帰ってくれ」

車を降りると、エレベーターに向かった。九階のボタンを押す。他にもエレベーターの利用者がいたが、竜崎を気にする様子はない。

十一階のボタンを押した者がいたので、もしかしたら、自分の部下なのかもしれないと思った。十一階には刑事部があるのだ。

九階に着くと、すぐに総務部が眼に入った。竜崎は近くにいた係員に言った。

「警察本部長の秘書室はどこでしょう?」

「は……?」

「本部長にお会いしたい。取り次いでもらいたいんです」

「少々お待ちください」

係員は怪訝《けげん》そうな顔で、上長らしい人物のところに行った。席から立ち上がった四十歳前後の男が近づいてくる。独特の雰囲気があるのでわかるが、おそらく警備部の経験がある。

髪型は神経質なほどにきちんと刈ってあり、乱れないように固めてある。

「秘書室はありません。総務課の中に担当の秘書官がいるだけです」

「あなたが、その担当者なのですか？」

「そうです」

「名前は？」

相手はそれにこたえずに言った。

「本部長に会いたいということですね？　どのようなご用件ですか？」

「着任の申告です」

相手は怪訝そうな顔になった。

「着任……？　うちの本部に、ですか？」

「刑事部長の辞令を受けました。今日着任です」

相手はぽかんとした顔になった。

「刑事部長……」

「警視庁大森警察署から異動になりました。竜崎です。当然総務部に知らせが来ているはずですが」

「少々お待ちください」

男は慌《あわ》てた様子で、課長室に向かった。そこから小太りの男といっしょに戻って来た。

小太りの男が言った。

「総務課長の石田《いしだ》兼一《けんいち》と言います。たしかに異動の件はうかがっておりますが……」

男は五十歳くらいだ。県警本部の課長だというのだから、おそらく警視だろう。五十歳で警視だとしたらノンキャリアだ。

竜崎は尋ねた。

「何か問題でも？」

「突然おいでになるとは思いませんでしたので……」

「着任の申告に来ただけです。いちいち事前に相談が必要ですか？」

「すぐに本部長の予定を調べさせますので、お待ちください」

石田は、いっしょにいた担当秘書官だという男に言った。「おい、どうなっている？」

「は……。今すぐ確認を……」

自席に戻ろうとするその男に、竜崎は言った。

「さきほど、官姓名を尋ねたのだが、まだ教えてもらっていません」

その男は気をつけをしてこたえた。

「桂木義晴《かつらぎよしはる》と申します。総務課秘書官です」

竜崎がうなずくと、彼は席に戻り、どこかに電話をかけた。やがて桂木は小走りに戻って来て告げた。

「本部長室にご案内します」

竜崎が歩き出そうとすると、石田課長がついてきた。

「別に課長が同行する必要はありません」

「いや、そういうわけにはいきません」

いろいろと段取りがあるのだろう。ここで、言い合いをしても仕方がないと思い、彼のやりたいようにさせることにした。

本部長室のドアは開いていた。桂木がまず入室し、竜崎を招き入れた。

「いやあ、どうも」

快活な声が飛んで来た。部屋の奥にある机の向こうで、本部長が立ち上がった。

名前は佐藤実《さとうみのる》。キャリアの警視監だ。年齢は確か五十一歳。竜崎の二期上だ。初対面だが、向こうは竜崎のことを知っているようだ。

竜崎は言った。

「竜崎伸也です。神奈川県警本部刑事部長を拝命し、本日着任いたしました」

「らしくねえなあ」

「は……？」

「聞いていた印象じゃさ、もっと破天荒な感じだと思ってさ」

「それは勘違いだと思います」

竜崎の返答を聞いて、石田総務課長と桂木秘書官が、はっと緊張するのがわかった。

彼らにとっては、本部長は雲の上の存在なのだろう。

だが、竜崎は気にしなかった。相手が誰だろうが、言うべきことは言う。

「勘違いか。いや、そうは思わないが、まあいいや。ところで、一人で九階に来たんだって？」

「はい」

「秘書官が慌てていたよ。普通はさ、何人かで出迎えるんだよ。玄関でさ」

「そういうものなのですか？　これまで大阪府警本部とか、何ヵ所か地方の本部への異動を経験しましたが、いつも今回のように着任しました」

「それはさ、せいぜい課長代理とかの話だろう？　部長はね、偉いんだよ。それ、自覚してくれなきゃ」

「責任と権限は自覚しているつもりです」

「いいねえ。らしくなってきた。けどね、偉い人がそれらしく振る舞わないと、下の者が苦労するんだよ」

「苦労ですか」

「そうだよ。格式ってのがあってさ」

「公務員の仕事においては、意味のないことだと思います。偉い人の顔色をうかがうよりも他に、やるべきことがたくさんあると思います」

佐藤本部長は一瞬、驚いたように言葉を呑《の》み込んだ。それから、石田総務課長と桂木秘書官に言った。

「もういいよ。新部長と二人で話がしたい」

石田総務課長と桂木秘書官は、一礼して部屋を出て行った。

「あ、ドアを閉めていってくれ」

佐藤本部長に言われて、桂木秘書官が退出するときにドアを閉めた。

佐藤本部長が、机の後ろから歩み出てきて言った。

「まあ、かけてくれ」

出入り口から見て右手にあるソファに、本部長が腰を下ろす。言われるままに竜崎は、その向かい側に座った。

そして、改めて本部長室の中を見回していた。広い室内の壁は木材で落ち着いた雰囲気だった。

出入り口から左手の壁に、歴代の本部長の名前を列記した額がかけてある。その下の台には神社のお札二枚と、佐藤本部長の似顔絵が置いてあった。

何より驚くのは、大きな窓だ。その向こうは横浜港で、この眺望はおそらく警視庁の総監室などよりもはるかに美しいと思った。

ソファの近くの角には、国旗と県警旗が掲げてある。

「噂《うわさ》はいろいろと聞いているんだ。だから、俺は驚かないが、県警の中には、署長から部長になるって聞いて、何でだろうと思うやつもいるだろう。所轄《しょかつ》からだと普通、課長だろう」

「必要ならそのつど事情を説明します」

佐藤本部長はかぶりを振った。

「その必要はないよ。事情については俺から各部長や課長に徹底しておくから」

「恐れ入ります」

「恐れ入るって柄かよ」

「は……？」

「俺はさ、あんたに期待してるんだよ」

「どのような期待でしょう」

「神奈川県警と聞いて、真っ先に何を思う？」

竜崎は正直にこたえた。

「不祥事でしょうか」

「そうなんだよ。今じゃさ、インターネットで、神奈川県警と検索すると、リストに不祥事ってのが必ず出てくる」

「それで……？」

「不祥事が目立つ理由はいろいろあると思う。マスコミなんかが注目しているせいで、他の県警なんかじゃスルーされるような事例も露呈してしまうってこともあるだろう。でもさ、もっと問題なのは、不祥事を隠蔽《いんぺい》しようとする体質なんだと思う。そいつを改めないと……」

「おっしゃるとおりだと思いますが、やはり、私に何を期待されているのかわかりません」

「あんたが署長になって、大森署はずいぶん変わったと聞いたよ」

「署長は一国一城の主《あるじ》ですが、部長ではそうはいかないでしょう」

「そんなことはないと俺は思う。方面本部の管理官も手なずけたんだろう？」

「別に手なずけたつもりはありません」

「あんたを神奈川県警に引っぱったのは、俺の前任者なんだ。その人が言っていた。あんたが来てくれたら、刑事部は変わる。刑事部が変われば県警全体も変わる。俺もそう期待しているというわけだ」

前任者というのは、かつて竜崎が政治家誘拐事件で神奈川県警と関わった時の本部長だろう。

「私は、私のやり方で、できることをやるだけです」

「それだよ」

佐藤本部長は竜崎を指さして言った。「その、あんたのやり方ってのが、たぶん俺たちに必要なんだ」

「それなら別に難しいことはありません。これまでもそうでしたから、これからも同じようにやるだけです」

佐藤本部長はうなずいた。

「それで、さっそくだけどさ。今、捜査本部ができてるんだよ。行きがかり上、前任の刑事部長がまだ担当しているから、引き継いでくれ」

「捜査本部?」

「ああ。殺人の捜査本部だけど、マル暴と不動産詐欺絡《さぎがら》みだ」

「マル暴と不動産詐欺……」

「前任の本郷《ほんごう》刑事部長は知ってるね?」

「はい。以前、横須賀署の捜査本部で会っています」

本郷芳則《よしのり》は、竜崎の二期下だ。やはり、政治家の誘拐事件で関わりがあった。

「じゃあ、総務課長に案内させる」

佐藤本部長はそう言うと立ち上がった。竜崎も腰を上げた。

石田総務課長はエレベーターの上昇のボタンを押した。竜崎は尋ねた。

「捜査本部に向かうのではないのですか?」

捜査本部は所轄署に置かれる。それは警視庁も神奈川県警も同じだろう。

石田総務課長がこたえた。

「部長は……、あ、いえ、前部長は部長室におられます」

エレベーターに乗り込むと、石田総務課長は十一階のボタンを押した。

ここが俺のフロアか。

エレベーターの扉が開くと、竜崎はそう思った。これからここで働くことになるのだ。このフロアにある刑事部の全責任を背負っていかねばならない。

刑事総務課の奥に、部長室があった。このあたりの構造は、総務部の奥に県警本部長室があるのに似ている。

石田総務課長がノックをすると、すぐに返事があり、竜崎たちは入室した。

机の向こうで本郷前刑事部長が立っていた。やせ型で小柄だ。刑事部長としては線が細いと思っていた。

「竜崎さん。ご無沙汰《ぶさた》をしております」

「捜査本部から手を放せないと聞きました。てっきり捜査本部にいるものと思っていましたが……」

「捜査が大詰めで、放り出すわけにいきませんでした。ですが、今しがた解決の目処《めど》がついたと連絡がありました。捜査本部には、二人の課長がいて、彼らに任せておけば安心です」

「二人の課長？　捜査一課長だけじゃないんですか？」

「不動産詐欺が絡んでいたんで、二課長も臨席しています」

「わかりました。佐藤本部長から、私が引き継ぐようにと指示を受けました。あとは私がやります」

本郷前部長が、笑みを浮かべて言った。

「では、この部屋を明け渡すとしましょう」

「それで、事件の経緯は？」

「説明します。かけてください」

竜崎は、石田総務課長に言った。

「もういい。さがってくれ」

「捜査本部がある山手《やまて》署までご案内しなくてよろしいですか？」

「それは刑事総務の誰かにやらせる」

「では、刑事総務課にその旨《むね》を伝えておきましょう」

「頼む」

石田総務課長は礼をして退出した。

本郷と竜崎は、ソファで向かい合った。本郷が言った。

「事件の発端は、山手にある屋敷で、遺体が発見されたことでした」

その遺体は、不動産詐欺を働いていた人物のもので、実行犯は詐欺師仲間だった。

その実行犯は、横浜市内にある暴力団の組長から強要されて犯行に及んだということだった。

その組長の逮捕で捜査は一段落したのだ。あとは、組長の取り調べの結果を待つだけとなっている。そういう説明だった。

「了解しました」

竜崎は言った。「では、捜査本部に顔を出してきましょう」

「板橋《いたばし》捜査一課長はご存じですね？」

板橋武《たけし》にも、政治家誘拐事件の際に会っている。

「はい。二課長は？」

「永田《ながた》優子《ゆうこ》警視。女性キャリアです」

「では、捜査本部に向かいます。山手署ですね？」

「公用車の手配をします」

「いえ、それは自分で……」

「ここでの最後の仕事です。やらせてください。刑事総務課長も紹介しましょう」

「わかりました。ではお言葉に甘えます」

本郷はドアを開けると、外に向かって呼びかけた。やがて、長身の男が入って来た。本郷よりも五センチばかり背が高い。年齢は五十歳くらいだろうか。白髪が目立つ。

「お呼びでしょうか？」

本郷が竜崎に言った。

「池辺《いけべ》渉《わたる》刑事総務課長です」

そして、彼は池辺課長に言った。「こちらは新任の竜崎刑事部長だ。公用車を用意して、山手署にご案内してくれ」

池辺刑事総務課長は、竜崎に対して上体を十五度に折る正式の敬礼をすると、言った。

「かしこまりました。すみやかに準備いたします」

彼が退出すると、本郷は言った。

「それでは、私はこれで失礼します。ようやくここを離れられます」

竜崎は言った。

「ご苦労さまでした」

本郷がうなずいて、部屋を出て行った。竜崎は部長の机に近づいた。別に特別な感慨はない。ただ執務に必要な机だというだけのことだ。

その机に向かって座ったとき、ふと竜崎は本郷の異動先をまだ聞いていなかったことに気づいた。

聞いておくべきだったかな……。そう思ったとき、池辺刑事総務課長が戻ってきた。

「用意ができました」

山手というだけあって坂が多い。これは市街地というより山道と言っていい。竜崎は車に乗りながら、そんなことを思っていた。

2

公用車に乗っているということで、山手署に到着してからは、物事は円滑に進んだ。受付は竜崎に対して敬礼をして見せたし、捜査本部のある講堂には係員が案内してくれた。

その係員が講堂で「気をつけ」の号令をかけたので、捜査本部内の全員が起立した。竜崎は足早に幹部席に向かった。

大半の捜査員たちは、その竜崎の姿を見てぽかんとした顔をしている。竜崎の顔を知らないのだ。

幹部席に行くと、強面《こわもて》の板橋武捜査一課長が驚いた顔で言った。

「竜崎署長……」

「今日からは、刑事部長だ」

板橋課長が、思い出したように言った。

「そうでした。異動の話はうかがっておりました」

板橋課長の隣に、女性が立っている。三十代半ばだろうか。竜崎は彼女に向かって言った。

「永田課長ですね？」

「はい。よろしくお願いします」

竜崎は、空いている席に座った。二人の課長も着席する。すると、捜査員たちも腰を下ろした。だが、作業を再開する様子はない。どうやら、竜崎の言葉を待っている様子だ。

竜崎は言った。

「本日付けで県警本部刑事部長になった竜崎だ。私のことは気にしないで、仕事を続けてくれ」

訓辞など必要ない。捜査員たちはそれぞれやるべきことを心得ているはずだ。意味のない挨拶《あいさつ》のために彼らの貴重な時間を奪うことはないのだ。

竜崎は板橋課長に尋ねた。

「マル暴と不動産詐欺絡みの殺人事件だということだが……」

板橋課長はうなずいた。

「すでに実行犯、そして黒幕の暴力団組長も逮捕しています。現在、担当者が暴力団組長の取り調べを行っておりますので、自供は時間の問題です」

続いて永田課長が言った。

「不動産詐欺のほうも立件できます」

竜崎は言った。

「では、その結果を待つとしよう」

板橋課長がふと不安そうな表情になった。

「時間の問題と言いましても、実際のところいつになるかわかりません」

「何時になろうとかまわない。刑事部長になるからには、それくらいの覚悟はできている」

「わかりました」

「現場を指揮しているのは管理官だな」

「はい。捜査一課の山里浩太郎《やまざとこうたろう》管理官です」

それから板橋課長は管理官席のほうに向かって「ちょっと来てくれ」と声をかけた。

見るからに生真面目《きまじめ》そうな四十代後半の男が近づいてきた。眼は赤く、顔に脂《あぶら》が浮いている。何日も寝不足が続いているに違いない。

その人物に向かって板橋課長が言った。

「こちらは、今日いらした竜崎刑事部長だ。部長、山里管理官です」

「よろしく頼む」

竜崎が言うと、山里管理官は気をつけをして深々と頭を下げた。

「よろしくお願いいたします」

「暴力団組長の取り調べを担当しているのは誰だ？」

顔を上げた山里管理官がこたえた。

「みなとみらい署暴対係の係長たちが当たっております」

「暴対係というのか……」

竜崎は思わずつぶやいていた。東京都内の警察署では、組織犯罪対策課暴力犯係という名称が一般的だ。

警察の役割は全国どこでも変わりはないが、組織やその名称が少しずつ違っている。それが地方の特徴でもある。

徐々に慣れていかなくてはならないと、竜崎は思った。

竜崎はずっと気をつけをしている山里管理官に言った。

「何か進展があったら、すぐに知らせてくれ。以上だ」

山里管理官は、再び礼をして管理官席に戻っていった。

板橋課長が、何か言いたそうな態度なのに気づいて、竜崎は言った。

「何か言いたいことがあるのか？」

板橋課長は、一瞬躊躇《ちゅうちょ》したが、やがて小声で言った。

「以前お会いしたとき、私はずいぶんと失礼な態度を取ったと思いまして」

「そう言えば、キャリア嫌いだったな」

「はあ……」

板橋課長は、向こう側にいる永田課長をちらりと見た。永田課長は、二人の会話にはまったく関心がない様子だった。

ポーカーフェイスだと、竜崎は思った。さすが、キャリアだな……。

竜崎は板橋に視線を戻して言った。

「だが、結局君は、私が上司になることを望んでいると言ってくれた」

「本心で申し上げました。現実になるとは思っていませんでしたが……」

「君にはいろいろと助けてもらわなければならないと思う。キャリア嫌いは相変わらずか？」

「人は簡単には変わらないものです」

「そうだろうな」

「ですが……」

「何だ？」

「部長は例外です」

「そうか」

「それと、永田課長も……」

「そうやって、例外が増えていくと、いずれ例外ではなくなる」

一瞬間を置いて、板橋は「はい」とこたえた。

竜崎は板橋課長から、捜査本部内に眼を移した。こうして、幹部席に座っていると、大森署署長時代と何も変わらない気がする。

だが、実際は変わったのだ。警察署長と本部の部長では権限が違う。つまり、それだけ責任も重いということだ。

竜崎は常に出世を望んでいた。それは権限が増えるからだ。裁量権が増えるということは組織内での自由度が増すということだ。公務員としてできることが増えるのはいいことだ。

その代わりに責任も大きくなるのだが、それは仕方のないことだと思っていた。上司とは責任を取る立場のことだと、竜崎は思っていた。

時計を見ると、すでに午後五時を過ぎている。五時十五分が終業時間だが、どうせそんなものは警察幹部には関係ない。ましてや捜査本部にいるのだ。

今夜は遅くなるかもしれないと、妻の冴子《さえこ》に電話を入れておこうか。

そう思って、携帯電話をポケットから取り出したときのことだ。

山里管理官が幹部席に駆け寄ってきた。

「組長が落ちました。これで、事件は全容解明です」

その声は、捜査本部内に響き渡り、その場にいた捜査員たちが溜《た》め息と、「おう」という低い歓声を洩《も》らした。

竜崎は、板橋課長と永田課長に言った。

「あとは任せた」

板橋課長が言った。

「じきに担当者が戻ります。詳しい報告をお聞きになってはいかがです？」

「途中から捜査に加わった私に、一から説明するのは時間の無駄だ。本郷前部長も、君らに任せておけば安心だと言っていた。明日、県警本部で報告してくれ。今日のところは楽をさせてもらうよ」

竜崎が立ち上がると、誰かが「気をつけ」の号令をかけた。起立した捜査本部の捜査員たちの前を通り、竜崎は退出した。

公用車に戻ると、運転手が言った。

「どちらに向かいますか？」

県警本部に戻れば、やることはいくらでもあるだろう。だが、それは後回しでいい。まだ官舎も見ていない。

「帰宅する。官舎に向かってくれ」

「了解しました」

「山手にあると聞いている。ここから近いのか？」

「官舎は山の上のほうになりますから、ここからはちょっとありますね」

車が走りだした。運転手が言うとおり、山手署からしばらく走り、車はさらに坂を登っていった。

やがて車が停まり、運転手が言った。

「着きました」

車を降りると、そこは路地の交差点に建つマンションのようだった。白い壁の三階建てで、生け垣や立木に囲まれている。

また、玄関は硝子《ガラス》のブロックを積み上げた塀で隠されていた。郵便受けからすると、七世帯が入っているようだ。

そのうちの一部屋が刑事部長の官舎というわけだ。

仕事柄引っ越しは多い。だが、決して慣れることはない。移転するたびに、不思議な気分になる。なぜか、わくわくするのだ。

これは自分だけなのだろうかと自問したことがある。他人に質問したことがないのでわからない。

だが、誰でも新天地での生活は魅力的なものだと感じるのではないだろうか。人類はアフリカで誕生し、常に新天地を求めて世界中に広がっていった。もしかしたら、その記憶がＤＮＡに刻まれているのではないかと、竜崎は思う。

いずれにしろ、引っ越しが嫌いではなかった。転居の手続きはえらく煩雑《はんざつ》であることは知っている。だが、公務員の場合、多くの手続きを役所がやってくれる。警察もそうだ。幹部になれば官舎も与えられる。

「あら、早いのね」

竜崎の顔を見ると、妻の冴子が言った。

「ああ。今日は挨拶だけだ」

「殺人事件の捜査本部ができてるって聞いたけど……」

竜崎は驚いて聞き返した。

「誰から聞いたんだ？」

「ご近所さんよ」

「ご近所さん？」

「このマンションには私たちだけじゃなくて、他の県警幹部も住んでいるのよ」

そういうことか。竜崎は納得した。

冴子は孤軍奮闘で片づけをしているようだ。竜崎は周囲を見回して言った。

「それで、家の中はどんな様子だ？」

「あらかた引っ越し業者がやってくれたわ。今は楽になったわよね」

「いいことだ」

竜崎はリビングルームを出て寝室にやってきた。すでにベッドが置かれている。タンス類もちゃんと並んでいた。

前に住んでいたのとほぼ同じ配置だ。そう言えば、リビングルームのソファの配置も以前とほぼ同じなので、あまり違和感がなかった。

冴子がやってきて言った。

「あと部屋が二つあるので、子供たちの部屋ということでいいわね」

「邦彦《くにひこ》の部屋も必要なのか？」

「当然でしょう。荷物があるのよ」

　邦彦はポーランドに留学している。

「それにね」

　冴子が続けて言った。「部長はたぶん二年、長ければ三年くらいやるでしょう？　邦彦はそれまでに帰ってくるわよ」

　言われてみればそのとおりだと思った。

「結局、美紀《みき》はここから会社に通うことにしたんだな？」

「本人が、そのほうがいいと言うから……。横浜から東京に通勤している人は珍しくはないわ」

「まあ、そうだが、広告会社から給料をもらっているんだから、東京に住めないことはないだろう。そのほうが楽だろうに」

　冴子があきれた顔になった。

「普通、男親は娘を家から出したがらないものなのよ。美紀がいっしょに暮らすことになって喜ぶと思ったのに」

「別に喜ぶ理由はないな。どちらが合理的かを考えただけだ」

冴子は苦笑した。竜崎には、なぜ冴子がそんな表情をしたのか理解できなかった。

「私、教習所に通おうかと思うのよね」

突然話が変わり、竜崎は驚いた。

「何の教習所だ」

「自動車の教習所に決まっているでしょう」

「何のために？」

「ここ、マンションの中は住みやすいけど、立地が問題なのよ。来る途中気づかなかった？　まわりは坂だらけで、近所にスーパーもない。車がないときつそうなのよ。だけど、私はずっとペーパードライバーだから……」

なるほど、教習所でペーパードライバー用の教習を受けるということか。

「いいんじゃないか。おまえが運転できると便利だ。公用車を待っている余裕がないようなときに、おまえが運転してくれれば助かる」

「私を仕事に使うという言い分には、ちょっと納得できないけど、あなたの了承を得たと解釈しておくわ」

「そういうことに、いちいち俺の了承などいらないだろう」

「後で文句を言われるのが嫌なのよ」

竜崎は驚いた。

「俺はそんなことで文句は言わない」

「どうかしらね」

冴子が言った。「今日の夕食は店屋物《てんや》か何かでいい？　買い物に行けてないの」

「ああ、もちろんかまわない」

竜崎は、食事はどんなものでもかまわない。もし冴子がちゃんと考えてくれなければ、たちまち栄養のバランスを崩して、体を壊してしまうだろう。

「ビールは買ってあるから、リビングでビールでも飲んでいて。テレビも、もう映るわよ」

さすがに新聞は来ていない。早く帰宅した日は夕刊を何紙かチェックするのだが。

「いや、ベッドにシーツでもかけよう」

「あなたにそんなことをされると嵐《あらし》が来るわ。家のことはいいから、国のために働きなさい」

たしかに今の俺は、家庭の中では人として失格だ。だが、一人暮らしのときは、それなりにちゃんと生活していたのだ。竜崎はそんなことを思いながら、冷蔵庫から三五〇ミリリットルの缶ビールを取り出した。

冴子が部屋着を持って来たので、それに着替え、言われたとおり、ソファでビールを飲みはじめた。

寝室のほうから冴子の声が聞こえてきた。

「部屋からは見えないけど、道の先は崖《がわ》になっていて、ものすごく見晴らしがいいのよ」

「そうか」

竜崎はそう言いながら、窓の外を見た。日が暮れはじめていた。新たな家で暮らしはじめる独特の感慨を嚙《か》みしめていた。

翌日の朝は、さっそく決裁の書類が持ち込まれた。署長ほどではないが、けっこうな量だ。

それに加えて、ひっきりなしに誰かが挨拶にやってきた。どうせ一度には覚えられない。竜崎は判を押しながら、適当に応対していた。これは、大森署時代からの習慣だ。

ひょろりとした池辺刑事総務課長がやってきて言った。

「あの……。他部署の部長への挨拶回りはいかがいたしましょう。必要ならすべてアポを取りますが」

「何だって？　同僚に会うのにアポがいるのか？」

「はあ……。皆さん、多忙ですので……」

「挨拶回りは恒例なのか？」

「皆さん、なさいます」

「必要ないな」

「は……？」

「いずれ会議などで顔を合わせるだろう。わざわざ挨拶する必要などない。仕事上関わりがあれば、嫌でも会うことになるんだ」

池辺刑総課長は、驚いたように目を瞬《しばた》いた。

「了解しました。では、そのように……」

彼が退出しかけたので、竜崎は言った。

「山手署の捜査本部はどうなった？」

「送検作業が終了し次第解散の予定です」

「捜査一課長が報告に来ないのは、どういうわけだ？」

「はあ……。一課長は参事官に報告したようです」

「参事官……？」

「はい。阿久津重人《あくつしげひと》参事官です」

「まだ、私のところに顔を出していないな」

「まだだと思います」

「すぐに呼んでくれ」

「承知しました」

池辺刑総課長が部屋を出て行って、五分ほどすると、色白でのっぺりした顔の男がやってきた。年齢は四十代前半だろう。つまりキャリアだ。

「阿久津です。お呼びだそうで」

「山手署の捜査本部の件だ。板橋課長から報告を受けたそうだな」

「はい」

「私も報告が聞きたい」

「これは失礼しました」

阿久津参事官は、ほとんど表情を変えずに言った。「すでに送検も済み、捜査本部も解散したので、事件に関わっておられない部長に報告の必要はないと思いましたので……」

「私は昨日捜査本部に顔を出した。だからまったく関わっていないわけではない」

「では、詳しい経緯を説明しましょう」

「いや、送検が済んだということがわかればいい。問題はないんだな？」

「ありません」

竜崎がうなずくと、阿久津は「失礼します」と言って出ていった。

何だか愛想のよくないいやつだなと竜崎は思った。まあ、愛想については人のことは言えないが……。

携帯電話が振動した。警視庁の伊丹俊太郎《いたみしゅんたろう》刑事部長からだ。

「何だ」

竜崎は電話に出てそう言った。

「相変わらず、ぶっきらぼうだな」

伊丹とは同期で、なおかつ幼馴染《おさななじ》みだ。

「着任したばかりで、ごたごたしているんだ」

「そのごたごたに拍車をかけるようで悪いがな……」

「どうした」

「死体遺棄事件だ」

「なんでおまえが俺にそれを知らせてくるんだ？」

「遺体は沢谷戸《さわやと》自然公園で発見された」

どういうことだ。伊丹は何を言っているのだろう。

竜崎は眉《まゆ》をひそめていた。

3

「警視庁の事件なんだな？」

竜崎が尋ねると、伊丹はこたえた。

「そうだよ」

「なのに、どうして俺に電話をしてくるんだ？」

「神奈川県警の刑事部長だろう。現場がどこか聞いただけで、俺が電話した理由がわかりそうなもんだがな……」

「現場……？」

「もう一度言うぞ。沢谷戸自然公園だ」

「俺は刑事部長に赴任したばかりだ。それまでは大森署管内のことしか考えなかった。なぞなぞみたいなことはやめて、その公園がどうしたのか、教えてくれると助かるんだがな」

「地図を見ればわかることだ。沢谷戸自然公園は、東京都町田市にあるんだが、この一帯は、神奈川県川崎市と横浜市に盲腸のように突き出している」

竜崎は思い出した。あのあたりは、東京都と神奈川県の境界線が複雑に入り組んでいる地域だ。

「なるほど、神奈川県も無関係とは言い切れないわけだな」

竜崎が言うと、伊丹がこたえた。

「そういうことだ。まだ犯人特定の目処《めど》は立っていないが、神奈川県方面に逃走し、潜伏している疑いもある」

「可能性はあるな」

「取りあえずは死体遺棄事件だが、検視官の見立てでは他殺だということだ。殺人および死体遺棄事件ということで、町田署に捜査本部ができる」

「神奈川県警と合同捜査本部にしたいということか？」

「手伝ってほしいんだ」

「わかった。どのくらいの人員を送ればいいんだ？」

「おい」

伊丹が驚いた声で言った。「即決していいのか？　こういうことは本部長決裁だぞ」

「あとで報告すれば済む話だ。捜査はスピードが勝負だろう」

「俺が何に一番苦労しているか教えてやろうか」

「何だ？」

「いかに早く、総監の決裁をもらうか、だ。機嫌を損ねると後回しにされたりするからな」

「それで捜査に支障を来《きた》したらどうするんだ」

「とにかくそういうもんなんだよ。おまえも気をつけろ」

「町田署の捜査本部はいつできるんだ？」

「おい、人の話を聞いているのか」

「聞いているさ。いつなんだ？」

「今日の午後には体裁が整う」

「おまえは臨席するのか？」

「そのつもりだ」

「じゃあ、おまえに任せておけばいいな」

「おまえは来ないつもりか」

「うちは手伝いだろう。つまり、そっちが主導だということだ。部長が二人も雁首《がんくび》をそろえる必要はない」

伊丹の言葉が途切れた。何事か考えている様子だ。

「どうした？　何か言いたいことがあるのか？」

竜崎が尋ねると、伊丹は言った。

「こっちが主導。それでいいんだな？」

「境界が複雑とはいえ、現場は東京都内なんだろう？　それでいいと思う」

「確認しろ」

「何だって？」

「本部長に確認してから決めろと言ってるんだ。大森署では署長のおまえが最終決裁をしたわけだが、本部では違う」

「捜査本部長は部長だろう。ならば、部長が決めればいいことじゃないか」

「とにかく、本部長に訊《き》いてみろ。話はそれからだ。取りあえず俺は、午後三時に一度捜査本部に顔を出す」

「了解だ」

電話が切れた。

竜崎はすぐに総務部総務課長に内線電話をかけた。

「はい、石田です」

「竜崎だ。今本部長に会えるか？」

「今すぐですか?」

「そうだ」

「お待ちください」

しばらく待たされることになった。時間が無駄なので、待ちながら判押しを続けた。

石田総務課長の声が聞こえてきた。

「午後一時でしたら、アポが取れますが……」

「急ぎなんだが……」

「本部長に会われる方は、誰もがお急ぎです」

「三分、いや一分で済む話だ」

「順番を守っていただく必要があります」

「いや、待てないな」

「ご用件を承っておきましょうか。すぐにお伝えできるかどうかわかりませんが……」

「それでは話にならない。これから会いに行く」

竜崎は席を立つと部屋を出て、刑事総務課の脇《わき》を通り、階段に向かった。

十一階から本部長室のある九階まで階段を下る。警察官は、エレベーターではなく階段を使う習慣が身についている。

総務部総務課にやってくると、石田総務課長が課長室の外に立っているのが見えた。竜崎が近づくと、石田総務課長と桂木秘書官が行く手を遮るように並んで立った。

石田総務課長が言った。

「本部長は今、警備部長と会談中です」

竜崎は言った。

「ここで待たせてもらう。一言で済む話だ」

「席にお戻りになったほうがよろしいかと思います」

「いや、ここで警備部長との話が終わるのを待っている」

石田総務課長も桂木秘書官も困った顔をしている。竜崎も着任早々揉《も》め事を起こしたくはない。

だが、午後一時まで待てというのが、どうにも納得できない。すでに町田署では捜査本部の設置が進んでいるはずだ。緊急性は高いと竜崎は判断した。

石田総務課長や桂木秘書官と睨《にら》み合いのような状態になった。総務課の係員たちがちらちらと竜崎たちの様子を見ていた。

竜崎は気にしなかった。誰がどんな思いで自分を見ていようとかまわない。第一の目的は佐藤本部長に会うことだ。

「では、こうしましょう」

根負けしたように、石田総務課長が言った。

「警備部長との会談が終わったら、すぐにお知らせします。ですから席にお戻りください」

竜崎はかぶりを振った。

「いや。それだとタイムロスがある。ここで待っていたほうがいい」

石田総務課長と桂木秘書官が顔を見合わせた。

彼らが言うとおり、席で判押しをしながら待ったほうが合理的かもしれない。だが、今は別の合理性を優先すべきだ。

つまり、捜査の合理性だ。官僚主義やお役所仕事は、合理的な捜査の敵だ。石田総務課長たちはそのお役所仕事をやろうとしているのだ。

睨み合いは五分ほど続いた。どちらも引くに引けなくなっていた。

突然、本部長室のドアが開いて一人の男が出てきた。彼は言った。

「竜崎さん……」

その人物に見覚えがあった。

「東山《ひがしやま》か」

東山和樹《かずき》は、竜崎の一期下のキャリアだ。階級はたしか竜崎と同じ警視長だ。

「ご無沙汰《ぶさた》しています。うちに着任されたと聞きました」

「そうか。君が警備部長だったな……」

「本部長に用ですか」

「そうだ。じゃあ、また改めて……」

竜崎が本部長室に進もうとすると、桂木秘書官が慌《あわ》てて前に立ちはだかった。

「お待ちください。今都合をうかがってまいります」

「すまんが、待っている時間はない」

竜崎は桂木秘書官の脇をすり抜けるようにして本部長室に向かった。竜崎は、開いているドアをノックした。

その音に、佐藤本部長が顔を上げた。

「よう、刑事部長。どうした？　何か用かい？」

「今しがた、警視庁の伊丹刑事部長から連絡がありまして……」

そこまで言ったとき、背後から大きな声がした。

「困るじゃないですか。ちゃんと順番を守っていただかないと……」

竜崎は振り向いた。見たことのない人物が立っていた。年齢は、おそらく五十代半ば。髪はオールバックだ。おそらく、チックと呼ばれるスティック状の整髪料を使っている。

今時チックを使っているのは警察官だけだと言われている。竜崎は使っていない。

佐藤本部長が言った。

「おう、ちょうどいい。紹介しておく。竜崎刑事部長だ。彼は、組対本部長の平田《ひらた》清彦《きよひこ》警視正だ」

警視庁は組対部、つまり組織犯罪対策部として独立しているが、神奈川県警は、組織犯罪対策本部で、刑事部に含まれている。

つまり、組対本部長は竜崎の部下ということになるのだが、そういう態度ではなかった。明らかに挑戦的だ。

五十代半ばで警視正ということは、ノンキャリアだろう。彼も板橋捜査一課長同様に、キャリアが嫌いなのだろうか……。

「警備部長の次は、私の順番ですよ。割り込みはいけませんね」

竜崎は言った。

「殺人及び死体遺棄事件だ。警視庁が町田署に捜査本部を作るので、神奈川県警に応援の要請があった。それを本部長に報告するだけだ」

「なら、もう用は終わりましたね」

その場で本部長が竜崎の話を聞いていた。竜崎はうなずいた。

「そういうことだな。用は済んだ」

「ちょっと待ってくれ」

佐藤本部長が言った。「その話、詳しく聞く必要があるな」

竜崎は言った。

「刑事部から何人か捜査本部に送ればいいと思います」

佐藤本部長は、掌《てのひら》を掲げて竜崎を制止してから、平田組対本部長に言った。

「話はどれくらいかかる？」

「そうですね。二十分か三十分」

「じゃあ、すまんがちょっと待ってくれ。こっちの話はすぐ済むし、緊急性がありそうだ」

平田組対本部長はあからさまに不満げな視線を竜崎に向けてきた。竜崎は平然と見返していた。

佐藤本部長の判断は正しいと思った。

「入ってくれ」

本部長にそう言われ、竜崎は入室した。

「ドアは開けたままでいいですか？」

「閉めてくれ」

席に戻るものと思っていたら、佐藤本部長はソファに向かった。

「かけてよ」

竜崎は戸惑った。てっきり、本部長席の前に立って話をするものと思っていたので、少々戸惑ってしまった。

「時間が惜しいから、遠慮とかやめてくれる？」

「了解しました」

竜崎は佐藤本部長の向かい側に腰を下ろした。

「それで……？」

佐藤本部長が尋ねたので、竜崎は説明をした。

「先ほど申し上げたとおり、殺人と死体遺棄の捜査本部が町田署にできます。現場は、沢谷戸自然公園。詳細についてはこれからです」

「沢谷戸自然公園かあ。あそこは東京都が神奈川県内に出っ張っているんだよな」

「警視庁の刑事部長は、盲腸のようにと形容していました」

「捜査本部はいつできるんだ？」

「今日の午後には体裁が整うと言っていました。刑事部長は午後三時に臨席する予定だそうです」

「あんたは？」

「警視庁主導の事案なので、むこうの刑事部長に任せることにしました。私は顔を出しません」

「なるほどね。わかった。……で、誰を送り込む？」

「板橋捜査一課長と相談して決めようと思います」

「うん。それでいいと思うよ」

佐藤本部長は立ち上がった。「外に平田組対本部長がいると思うので、中に入るように言ってくれ。ごくろうだったね」

「はい」

竜崎も立ち上がり、出入り口に向かった。「失礼します」

部屋を出ると、平田組対本部長が不機嫌そうな顔で立っていた。

「お待たせしました」

竜崎が言うと、平田本部長はかすかにうなずいただけで何も言わず県警本部長室に入って行った。

十一階に戻ろうとする竜崎に、石田総務課長が言った。

「今度からは、刑事総務課長を通じて連絡をください。そうすればアポを取っておきます」

竜崎は驚いて言った。

「いちいちアポなど取ってはいられない緊急の事態もある。今回もそうだと、私は思っている」

「秩序を保たなければなりません。緊急のときは、我々も考えます。それ以外のときは、手順を踏んでいただかないと……」

警察も役所だから、石田総務課長のように手順を重んじる者は少なくない。

それは官僚機構にとってあながち悪いことばかりではない。石田総務課長が言うように、それによって秩序が保たれるという側面もある。

だが、警察は常に非常事態と向き合わなければならない。そこが普通の役所とは違うのだ。

そう思ったが、ここで言い争っていても仕方がない。竜崎は言った。

「わかった。考えておく」

何か言いたそうな石田総務課長に背を向け、竜崎は階段に向かった。

刑事部長室に戻り、判押しを始めるとほどなくノックの音が聞こえた。

「はい」

ドアが開くと、阿久津参事官ののっぺりした顔が見えた。

「失礼します」

「何だ？」

阿久津参事官は、机の正面に立つと言った。

「捜査本部の件、うかがいました」

「誰から聞いた？」

「警視庁刑事部参事官から連絡がありました」

刑事部ナンバーツー同士のチャンネルがあるということだ。これは覚えておいたほうがいいと、竜崎は思った。

「刑事部長が午後三時に臨席すると言っていた」

「伊丹刑事部長と、竜崎部長は幼馴染みでいらっしゃるそうですね」

「馴染んでいたかどうかは疑問だが、小学生の頃から知っている」

「では、捜査本部で久しぶりにお会いになってはいかがですか？」

「別に会いたくはない。大森署署長時代には、けっこう会っていたしな」

「捜査本部にいらっしゃったほうがいいと思います」

阿久津参事官は、まったく表情を変えない。だから、真意を測りにくかった。

「その必要はないだろう。警視庁主導の事案だと言っていた」

「応援を求められたのでしょう？」

「そうだ」

「ただで応援することはありません。見返りが必要でしょう。それなりの実績を上げさせてもらわないと……」

「端緒に触れたのは警視庁だ。それに、自分たちが主導だと言うからには、何かつかんでいるのかもしれない」

「捜査本部ができるのはこれからです。別に神奈川県警が出遅れているわけではありません」

「本部長は私の方針に納得してくれたぞ」

阿久津参事官の表情が初めて変わった。彼は苦笑したのだ。

「本部長は、まだよく県警のことをおわかりではないと思うことがしばしばです。二年ほどで異動になるので、腰かけだと思っておいでなのかもしれません」

「まさか……。昔の殿様修業じゃあるまいし」

殿様修業とは、キャリアに警察署長をやらせることだ。昔はよくそんなことがあったらしい。

警察署長の階級は、警視正か警視だ。キャリアだとたいていは二十五、六歳で警視に、また、三十五くらいで警視正になる。つまり、二十代や三十代で署長になることもあったようだ。

もちろん警察署には、自分の親くらいの年齢の署員もいる。「殿様」は彼らに命令をする立場なのだ。それですっかりいい気になり、その先の人生を誤ってしまう者もいたらしい。

いくら何でも若造の署長では、署員に舐《な》められる。それでいつしかそういう習慣はなくなった。

阿久津参事官が言った。

「いずれにしろ、本部長の判断が正しいとは限りません」

こんな発言をするには、かなりの度胸が必要だろう。

竜崎は言った。

「驚いたな。本部長の見解を否定するのか？」

「否定ではありません。フォローしているつもりです」

「本部長は、正しい決断を、短時間で下したと思う。私はそれに従うつもりだ」

「現状では、神奈川県警はただの使い走りと変わりません。警視庁がおいしいところを全部持っていくつもりでしょう」

「それでいいんじゃないのか？　警視庁主導の事案なんだから」

「いいえ。それでは困ります」

阿久津参事官がきっぱりと言ったので、竜崎は思わず彼の顔を見つめていた。

「どうすればいいと、君は言うんだ？」

「バランスを取らなければなりません」

「何のバランスだ？」

「警視庁と神奈川県警の力関係です」

「そういう問題ではないだろう。現場は警視庁の管轄《かんかつ》なんだ。この先、逆に神奈川県警主導で、警視庁の助けを借りるような事案だってあるはずだ」

「常にパワーバランスを考えていなければなりません。でなければ、神奈川県警の存在意義がなくなります」

竜崎は一瞬、ぽかんとしてしまった。

彼は本気で言っているのだろうか。思わずそんなことを考えていた。

警視庁への対抗心を、オブラートに包んで言っているだけだ。

神奈川県警の警視庁へのライバル意識は、噂《うわさ》には聞いていた。だが、マスコミなどが面白おかしく誇張しているだけだろうと思っていた。

4

特にキャリアは異動が多いので、そんなことにこだわってはいられないと思っていたのだ。

もしそんなことを考える者がいるとしても、それは神奈川県で採用された、いわゆる地方《じかた》だろうと考えていた。

事実、かつて神奈川県警の捜査本部に出向いたときには、そのような態度を取る者もいた。それは主に、地方《じかた》だった。

竜崎は言った。

「では、どうすればいいんだ？　私よりも神奈川県警の経験が長い君の意見を聞いて
おきたい」

「さきほども申し上げました。捜査本部にいらしてください」

「部長が二人も雁首を並べる必要はないと、警視庁の部長にも言ってある」

「こちらの意気込みを伝える必要もあります。部長がお二人で幹部席にお並びになる
ことで、合同捜査本部であることの意味が、捜査員たちにも伝わるでしょう」

「合同捜査本部であることの意味？」

「そうです。神奈川県警の協力なしでは、捜査ができないという意味です」

「もし、私が捜査本部に顔を出さなかったらどうなる？」

「神奈川県警の捜査員はただこき使われて、実績は警視庁が全部持っていく……。そういうことになるか、と……」

「余計なことを考え過ぎだと思う。第一に考えなければならないのは、被疑者の検挙だ」

「もちろんです。しかし、物事はそれほど単純ではありません」

「警察の役割はシンプルだと思うがな……」

「役割はシンプルですが、機構は複雑です」

それについては言いたいことがいろいろとあった。

役割を分割したり、新しい法律ができるたびに場当たり的に担当部署を増やしたがために、たしかに警察の組織は複雑になっていった。

そして、縦割りの弊害が増していったのだ。警察官全員が同じ目的を持っていれば、そのような弊害は防げるはずだ。

だが、この場で理想論を語っても仕方がないと竜崎は思った。

さらに、阿久津参事官の言うことも考慮に値するかもしれないという気がしてきた。

竜崎は神奈川県警では新参者だ。経験豊富な参事官の意見には耳を傾けるべきなのだろう。

「わかった」

竜崎は言った。「午後三時に私も臨席しよう。捜査本部に参加する捜査員たちの人選は任せていいか？」

「捜査一課長と相談をしておきます。おそらく二個中隊ほど送り込むことになるでしょう」

「二個中隊……」

思わず聞き返してから、竜崎は思い出した。神奈川県警捜査一課内の組織は、警視庁とは違う独特の呼び方がある。

まず巡査部長以下の班員と警部補の班長がいるのだが、班長といいながら部下を持たない者もいるということだ。

その班が三つほど集まり、中隊となる。中隊長は警部だ。警視庁で言うと、警部は係長なのだが、神奈川県警では班長のことを係長と呼んだりするのでややこしい。

二個中隊は約十名と考えていいだろう。つまり、合同捜査本部に十名ほどを送り込むということだ。

警視庁に比べると、かなり少ないはずだ。おそらく向こうは、捜査一課と所轄併せて最低でも二十人から三十人は送り込んでくるだろう。

それはいたしかたないと、竜崎は思った。警視庁ほど人員を抱えている警察本部は、他の道府県にはない。

警視庁の警察官は四万三千人。片や神奈川県警は一万五千人に過ぎないのだ。

「人選が済んだら、いちおう報告してくれ」

竜崎が言うと、阿久津参事官はうやうやしく礼をしながら言った。

「承知しました。では失礼します」

阿久津参事官が出て行くと、竜崎はしばらく考えていた。

伊丹が言ったとおり、なかなか署長の頃のようにはいかないようだ。だからといって、妥協するつもりはない。

竜崎は自分のやり方を貫くだけだ。佐藤本部長も、それが県警本部に必要なのだと言っていた。

竜崎は、刑事総務課に内線電話をかけて、課長を呼び出してもらった。

「はい、池辺です」

「午後三時に、警視庁町田署の捜査本部に臨席する」

「了解しました。では公用車を手配します。町田署なら四十分ほどで着くと思いますが、余裕を見て、二時に出発でいかがでしょう」

「それでいい」

竜崎は電話を切って判押しを続けた。

午後一時に、再び阿久津参事官がやってきた。

部長が本部長に勝手に会いに行くのはだめで、参事官が部長に会いに来るのはいいのか。そんなことを思いながら、竜崎は尋ねた。

「どうした？」

「捜査本部に赴く人選が整いました」

「リストをくれればいい」

「書類は作成しませんでした」

「なぜだ？」

「放念してくださってけっこうだからです。部長が捜査員をいちいち記憶される必要はありません」

「本郷がどうだったかは知らないが、私はちゃんと把握しておきたい。リストを作ってくれ」

阿久津参事官は、無表情のまま言った。

「わかりました。では、口頭で報告した後に、すみやかにリストを作成します」

「いいだろう」

「まず、板橋捜査一課長が臨席します」

「捜査一課長が捜査本部に？　そんなことをして、こちらの捜査はだいじょうぶなのか？」

「神奈川県内の捜査はだいじょうぶかということですね？」

「そうだ」

「それは問題ありません。部長といっしょに顔を出し、すぐに戻って来る予定です」

「いつも思うんだが……」

「は……？」

「捜査本部に、部長だの課長だの署長だのといった幹部が顔を出すのは無駄じゃないのか？　司会進行も情報の集約も管理官がやるのだろう？　実際に捜査員を動かすのは、管理官と係長だ。彼らに任せておけばいい。そのほうが効率がいいように思う」

阿久津参事官は、まったく表情を変えない。

「何かを決めるときに、課長、部長、といった幹部がいないと、捜査本部としての意思決定ができません。捜査幹部を探し出す手間や時間を考えたら、やはり幹部の臨席は重要でしょう」

「これだけネットが発達し、スマホでメッセージをやり取りできる時代だ。そういう通信手段を活用すれば、幹部の臨席も会議自体も必要ないのではないか？」

「どうでしょう。私に言われましても……」

「そうだな」

竜崎は言った。「ここで君と議論していても何も変わらない。板橋課長が臨席するというのは間違いないね」

「間違いありません」

「その他のメンバーは？」

「中隊長が二人……。中江《なかえ》達弘《たつひろ》と前沢宗輔《まえざわそうすけ》です」

「二人の年齢は？」

「中江が四十六歳、前沢が五十二歳です」

「それぞれの中隊を連れて行くということだね？」

「そうです。中江中隊が中隊長を含めて六名。前沢中隊が五名です」

「合計十一名か。いいだろう。それぞれの中隊のメンバーはリストで確認しよう。板橋捜査一課長を呼んでくれるか」

「了解しました」

阿久津参事官は、先ほどと同様に礼をして退出した。それから五分ほどで、板橋課長とともに戻って来た。

竜崎は阿久津参事官に言った。

「君が戻ってくる必要はなかった。課長だけでよかったんだ」

「部長と課長の間に、私が入る必要があります」

「何だって？　私は直接課長と話ができないのか？」

「そういうわけではありませんが、部長は私に話をされて、私が課長に指示を下ろすのが望ましいと思います」

もはや竜崎はばかばかしくなりはじめていた。

警視庁は「形式庁」などと職員たちが自嘲《じちょう》気味に言うほど形式にうるさいが、もしかしたら神奈川県警はそれ以上なのかもしれない。

日本には優秀な官僚がたくさんいることは認める。だが、官僚主義が多くの弊害を生んでいることは事実だ。

例えば文書だ。役人はわざとわかりにくい言葉を使う。理解しやすい文章だと簡単にあら探しをされてしまうからだ。

誰からも批判されないように、細心の注意を払って文章を書くと、どんどんわかりにくくなっていく。

さらに、一般人がすらすらと読めるような簡単な言葉を使うのもよくないと考えているようだ。それで官僚用語が生み出されていった。

官僚たちは、よりわかりにくい文章を、よい文章だと言う。そういう文書をやり取りしている自分たちを、彼らは優秀だと思っているわけだ。

竜崎に言わせると、そんなものは優秀でも何でもない。難しいことをわかりやすく説明できる者が本当に頭のいい者なのだ。そして、真に優秀な官僚とは、形式よりも本質を考える者たちのことだと思っている。

竜崎は阿久津参事官ではなく、板橋課長に話しかけた。

「町田署の捜査本部に行ってくれるそうだな？」

「はあ……。警視庁のほうも捜査一課長が出てくるでしょうから……」

「顔を出したらすぐに引きあげるんだろう？」

「おそらく夜に捜査会議をやるでしょうから、それまでは残っていようかと思っています」

捜査本部では、捜査員の上がり時間を決めて、それから会議をやる。上がりの時間は午後八時くらいが多い。

会議が終わるのは九時過ぎだ。課長はそれまで捜査本部に残ると言っているのだ。

竜崎が言った。

「会議に出る必要はないだろう。捜査員たちに任せたらどうだ？」

それにこたえたのは阿久津参事官だった。

「情報の共有を優先するということですね。それを怠ると、神奈川県警が蚊帳《かや》の外、ということにもなりかねません」

「捜査員がちゃんと把握していればいいことだ」

「そういう訳にはまいりません。捜査の重点が神奈川県内に移ることもあり得ます。そのときに、幹部が何も知らないじゃ済まされないのです」

「なるほど……」

竜崎は言った。「それには一理あるな」

一瞬、阿久津参事官は、奇妙な表情を見せた。おそらく肩すかしを食らったような気分になったのだろう。

別に相手の意表をつこうなどと思ったわけではない。竜崎は本当に「一理ある」と思っただけだ。

「じゃあ、私も会議まで残る必要があるということだな」

阿久津参事官は、気を取り直したように言った。

「それは警視庁の伊丹部長のお考え次第だと思います」

「あいつが帰れば、私も帰っていいということか」

「ええ、有《あ》り体《てい》に言えば、そういうことです」

竜崎が考え込むと、板橋課長が言った。

「私にお任せくだされば、だいじょうぶです」

竜崎は板橋課長に言った。

「その言葉はありがたいが、捜査本部に行ってみて考えるよ」


池辺刑事総務課長が言ったとおり、四十分ほどで町田署に到着した。板橋課長以下捜査員たちとは別行動だったので、竜崎が一人で捜査本部に乗り込む形になった。

すでに捜査員たちが集合しており、彼らは全員起立して竜崎を迎えた。

幹部席には警視庁捜査一課の田端《たばた》課長の姿があった。管理官席には岩井豊《いわいゆたか》管理官の姿がある。どちらも、竜崎にとっては馴染《なじ》みの顔だ。

幹部席に行くと、起立している田端課長が言った。

「こんなに早く再会できるとは思っていませんでした」

竜崎はこたえた。

「私もこうして警視庁の捜査本部に来ると、異動した気がしない」

着席してほどなく、板橋課長ら神奈川県警の捜査員が到着した。彼らが幹部席にやってきたので、竜崎は田端捜査一課長に紹介した。

「神奈川県警の捜査一課長です」

田端課長がこたえた。

「ええ、存じております」

それから彼は板橋課長に向かって言った。「久しぶりですね。よろしくお願いしますよ」

板橋がうなずいて言った。

「こちらこそ、よろしく。しばらくうちの者がお世話になります」

「では、竜崎部長の向こう側にお座りください」

田端課長と竜崎の間に二つ空席がある。伊丹と町田署署長の席だ。

その二人がそろって姿を見せたのは、午後三時ちょうどのことだった。おそらく、署長室かどこかで待機していたのだろう。時間通りに入室するというのは伊丹が好きそうな演出だ。

課長以下捜査員全員が起立したが、当然竜崎は座ったままだ。

伊丹が悠然と講堂の正面を横切り、幹部席にやってくる。

「おう、竜崎。おまえも来たか」

彼は案の定、竜崎の隣に着席した。その向こう側が町田署署長、さらにその向こうが田端課長だ。

竜崎は板橋課長を紹介した。

伊丹はぞんざいに「ああ、よろしくな」と言っただけだった。ほとんど板橋課長のほうを見なかった。

なるほど板橋課長がキャリア嫌いになるのも無理はない。

伊丹が竜崎に言った。

「おまえはきっと来るだろうと思っていたよ。俺と同じで現場が好きだからな」

竜崎は言った。

「俺の大切な部下だ。捜査本部内で冷遇されるようなことがないようにしてほしい」

伊丹は眉《まゆ》をひそめた。

「何のことだ？」

「板橋課長と神奈川県警の捜査員たちだ」

「もちろん、冷遇なんてことはあり得ない。こちらから声をかけて来てもらったんだからな」

伊丹のこういう言葉は信用ができない。外面《そとづら》がいいので、臆面《おくめん》もなく言ってのけるが、その場限りのことが多いのだ。

「本当にそうだといいんだがな」

「いやあ、おまえが相手ならやり甲斐《がい》があるな」

「何のやり甲斐だ？」

「神奈川県警は、うちにライバル心を燃やしているんだろう。俺たちは全然気にしちゃいないがな……。おまえが相手だというのなら、受けて立つ」

「俺は別に警視庁にライバル心は抱いていない」

「赴任したばかりで、まだ事情がよくわかっていないんだろう。そのうちにおまえも、俺に食ってかかるようになるんじゃないのか？」

「おまえに食ってかかるのは、今さら珍しいことじゃない」

「警視庁内で対立するのと、地方の警察署で対抗心を燃やすのとではおのずと違いが明らかになるよ」

「とにかく俺は、事件を解決することしか考えていない」

「そりゃ、俺だってそうだ」

その伊丹の言葉を、どの程度信じていいのか、竜崎には判断がつきかねた。

竜崎がさらに一言、伊丹に言おうと思ったとき、捜査会議の始まりが宣言された。

5

捜査会議の司会を務めるのは岩井管理官だ。彼は、第二強行犯捜査担当の管理官で、殺人犯捜査第一から第三係までを統括している。

岩井管理官が事件の概要を説明した。

遺体が発見されたのは、伊丹が言ったとおり、沢谷戸自然公園内だった。

自然公園というだけあって木々が生い茂っており、灌木《かんぼく》も密だ。その灌木の陰に遺体があったということだ。

発見が、十一月四日水曜日の午前九時五十分頃。発見者は近所に住む、中田《なかた》雅和《まさかず》、七十八歳だ。

沢谷戸自然公園をよく散歩するそうだ。遺体は、人目につかないところにあったが、中田老人はたまたまそれに気づいたのだという。

遺体は男性で、年齢は三十代後半から四十代。やせて日に焼けている。

グレーのズボンに、紺色のジャンパーという服装で、靴はスニーカーだったという。

伊丹は、岩井管理官の説明にいちいちうなずいている。あたかも岩井管理官が自分のために説明しているのだと言わんばかりだ。

田端課長はじっと岩井管理官を見つめている。メモも取らない。その必要がないのだろう。

彼は叩《たた》き上げで、捜査の現場をよく知っている。必要なことはすべて頭に入っているに違いないと竜崎は思った。

それにしても、幹部の顔ぶれは豪華だ。なにせ、部長が二人も臨席しているのだ。

部長が出席するのだから、署長も課長も顔を出さざるを得なくなる。

どうせ伊丹は会議だけ出席して、あとは田端課長に任せるつもりだろうと、竜崎は考えていた。そして、田端課長は岩井管理官を頼りにしているのだ。

結局、捜査本部を仕切るのは管理官なのだ。これは、阿久津参事官にも言ったことだが、それなら、最初から管理官にすべてを任せたほうがいい。

捜査本部の意思決定のために、部長や課長が必要だと、阿久津参事官は言っていたが、捜査には係長と管理官がいれば充分だと、竜崎は思っている。

事実を洗い出し、犯人にたどり着くのに、部長も課長も必要ない。幹部には幹部のやるべきことがあるのだ。

岩井管理官の説明が一段落すると、さっそく伊丹が質問した。

「被害者の身元は？」

岩井管理官がこたえる。

「不明です」

「ＩＤを持っていなかったということだな？」

「身元の手がかりとなるようなものは、何も身につけていませんでした」

「財布は？」

「ありませんでした」

「物取りの犯行かな」

伊丹が竜崎を見て言った。

竜崎はかぶりを振った。

「まだそんなことはわからない」

「筋を読むことは大切だろう」

「捜査はこれからだ。今そういうことを言うと予断になるぞ」

「決めつける気はない。可能性の話をしているんだ」

「そういうことは、現場に任せておけばいい」

小声でのやり取りだったが、周囲の者たちは聞き耳を立てている。部長同士の会話は気になるのだ。みんな戦々恐々といった面持ちだ。

伊丹はそういうことには無頓着《むとんちゃく》だ。いや、注目を浴びて嬉《うれ》しがっている嫌いがある。いずれにしろ、部長が余計な発言をすると、会議の邪魔になるだけだと、竜崎は思った。

田端課長が、伊丹の顔色をうかがいつつ、岩井管理官に言った。

「身元の確認を急いでくれ」

「了解しました」

「目撃情報は？」

「今のところ、ありません。鑑識によると、別の場所で殺害されて、あそこに遺棄されたようですが……」

田端課長と岩井管理官のやり取りを聞いて、伊丹が再び発言した。

「単独犯ではないな」

これも予断につながるかもしれないと思いながら、竜崎は言った。

「たしかに、遺体を運ぶのはたいへんだ。一人で人目につかずにやれるとは思えない」

それに対して、田端課長が言った。

「どうでしょう。過去に一人で遺体を処理した事例はいくつもありますが……」

伊丹が田端課長に言った。

「それも可能性の問題だ。もし、殺害の現場が離れた場所だとしたら、遺体を運ぶのも一苦労だぞ。その場合、車が必要だろう」

田端課長はうなずいた。

「それは考えられますね。不審な車両を見かけた者がいないかどうか、聞き込みを強化しましょう。防犯カメラの映像解析も並行して進めます」

伊丹が言った。

「いいだろう。司法解剖は？」

「今、大学病院を手配しています」

「検視官の見立てでは他殺だということだったが、死因は？」

「頸椎《けいつい》の損傷です。頸部を急激に捻《ねじ》られたのだと思います」

「素人《しろうと》の手口じゃないな」

伊丹は考えながらそう言い、竜崎を見て付け加えた。「これも予断か？」

「いや」

竜崎は言った。「俺もそう思う。どういう意味で素人と言っているのか不明だが、少なくとも経験や知識のない者にできることではないと思う」

竜崎は、板橋課長がずっと黙っているのが気になっていたので、発言をうながした。

「どう思う？」

板橋課長は、少しばかり驚いたような様子を見せたが、すぐに言った。

「犯人には医学や治療術の知識があるかもしれません。カイロプラクティックとか整体、柔道整復などの技術を身につけた者ということも考えられます。あるいは……」

そこで、板橋課長は一瞬言い淀《よど》んだ。

竜崎は尋ねた。

「あるいは、何だ？」

「軍隊の特殊部隊ではそのような技術を学ぶと聞いたことがあります」

捜査員席で、何人かが失笑した。おそらく、そうした反応を恐れて、板橋課長は一瞬発言を躊躇《ちゅうちょ》したのだろう。

笑いを洩《も》らしたのはすべて、警視庁の捜査員だった。竜崎は、それを見てむっとしている自分に気づいた。

そして、不思議なものだと思った。つい先日まで警視庁の所属だったのだ。だが、神奈川県警に来たとたん、警視庁の捜査員たちの態度に不満を感じている。

竜崎は言った。

「なるほど、軍隊の特殊部隊か。可能性は低いが、あり得ないことではない。自衛隊にだってそういう技術を学ぶ者がいるかもしれない」

「おい」

伊丹が言った。「自衛隊は軍隊じゃないぞ」

竜崎はこたえた。

「そんなことを言っているのは、日本人だけだ。彼らが訓練しているのは間違いなく軍事技術だ。そして、彼らが保持しているのは、軍事力だ。ジェット戦闘機や戦車、潜水艦を持っているのに、軍隊ではないと言い張るのは欺瞞《ぎまん》だ」

「憲法九条があるんだ。滅多なことは言うな。自衛隊が保持しているのは、軍事力ではなく、最低限の防衛力だ」

「それが欺瞞だと言ってるんだ。自衛のためだろうが何だろうが、兵器を持ち、軍事訓練をしていることは間違いないんだ」

竜崎は、田端課長が自分たちのほうを見ているのに気づいた。だから、伊丹に言った。

「こんな話をしている時ではない。つまり、軍隊で使われるような技術を身につけている者がいるという説も、あながち非現実的だとは言えないと言いたいわけだ」

伊丹が言った。

「まあ、可能性はあるが、そんなに現実的とは思えないな」

この一言が、警視庁の捜査員たちの意見を代弁しているように思えた。

竜崎は、それに対して何か言うつもりはなかった。まだ捜査は始まったばかりだ。これからいろいろな証拠や手がかりが見つかり、事実は明らかになっていく。

「よろしいでしょうか」

岩井管理官が言った。伊丹がこたえる。

「ああ、進めてくれ」

岩井管理官は、班分けをするのでそれぞれ自分の班を確認するように、と捜査員たちに指示して、会議の終わりを告げた。

その言葉どおり、管理官席では岩井管理官を中心に係長たちによる班分けの作業が始められた。

竜崎は伊丹に言った。

「警視庁本部に戻るんだろう？」

「いや、しばらくここにいる」

竜崎はそのこたえを意外に思った。

「あとは課長や管理官に任せればいいじゃないか」

「俺がここにいて、何か都合が悪いことがあるのか？」

「ある」

「ほう。どんな不都合があるんだ？」

「参事官が言うんだ。おまえがいる限り、俺もここにいなければならない、と……。だから、俺は県警本部に戻りたいが、戻れないわけだ」

伊丹は、どこかうれしそうに笑みを浮かべた。

「なるほど、そういうところでも対抗しようというわけか」

「バランスを取らなければならないということらしいが、そんなことは意味がない」

「意味はあるさ。捜査本部における発言力に影響があるからな」

「捜査に発言力など関係ないだろう。おまえは何にでも政治を持ち込みたがる」

「それが現実なんだよ。組織があるところには、必ず政治がある。それをうまくコントロールするのが官僚の務めだ」

「いや、そうじゃない。そんなものは官僚の務めでも何でもない。官僚の務めは、国家の仕組みをできるだけ合理的に運用することだ」

「おまえの言うとおりだと思うよ。だがな。おまえがある事柄を合理的だと思っても、そう思わないやつもいるわけだ。それを従わせるには政治が必要だ」

「必要なのは政治力ではなく、判断力だ」

伊丹は苦笑した。

「おまえだって、それなりに苦労をしてきただろうに、変わらんな」

「別に変わろうとは思っていない」

「とにかく、俺はしばらくここにいる。つまり、おまえも帰れないというわけだな」

竜崎は無言で考えていた。

参事官の言いなりになることはない。だが、神奈川県警のやり方もあるのだろう。しばらくは様子を見たほうがいいかもしれない。

昔の自分なら、阿久津参事官の言うことなど気にせずに、やりたいようにやったのではないだろうか。竜崎はそんなことを思った。

伊丹には「変わろうとは思っていない」と言ったが、大森署という所轄署《しょかつしょ》での経験は、やはりいろいろな影響を自分に及ぼしていると、竜崎は自覚していた。

そんなことを考えていると、携帯電話が振動した。池辺刑事総務課長からだった。

「竜崎だ」

「あ、部長。至急、県警本部にお戻りください」

「何があった？」

「奥様が交通事故を起こされて……」

「交通事故……？　どういうことだ？」

「詳しくは、こちらに来られてから……」

「おい、妻は無事なのか？」

「はい、ご無事です。とにかく、お話はこちらに戻られてから……」

「わかった」

竜崎が電話を切ると、伊丹が質問してきた。

「おい、奥さんがどうかしたのか？」

「交通事故だという」

伊丹が驚いた顔になった。

「だいじょうぶなのか？」

二人のやり取りを聞き、町田署署長、田端課長、板橋課長の三人も竜崎に注目した。

竜崎は言った。

「とにかく、県警本部に戻れということだ。あとは頼んでいいな」

伊丹がこたえた。

「もちろんだ。すぐに向かえ」

それから竜崎は、板橋課長に言った。

「何かあったら、すぐに連絡をくれ。直接でいい」

板橋課長は一瞬戸惑った表情になって言った。

「直接連絡することは避けて、阿久津参事官を通すようにと言われていますが……」

「誰に言われているんだ？」

「参事官です」

竜崎はもう一度言った。

「連絡は直接でいい」

板橋課長は戸惑いの表情を浮かべたままこたえた。

「わかりました」

竜崎は席を立ち、起立した捜査員たちに見送られて、捜査本部をあとにした。

公用車で県警本部に向かう途中も、気が気ではなかった。無事だということだが、交通事故となると、どんな後遺症が残るかわからない。

池辺刑総課長はたしか、「奥様が交通事故を起こされて」と言った。普通なら、「事故に遭われて」というだろう。

つまり、妻が誰かに害を及ぼしたということだろうか。

いったい何がどうなっているのだろう。一刻も早く事実を知りたかった。

竜崎は冴子に電話してみることにした。もっと早くそうするべきだったかもしれない。

呼び出し音は鳴るが、冴子は出なかった。携帯電話というのは、便利なようだが肝腎なときに役に立たない。竜崎はそんなことを思いながら電話を切ってポケットにしまった。

帰り道のほうが時間がかかった。時間帯のせいだろう。道が混雑していたのだ。今乗っている公用車には、赤色灯もサイレンも装着されていない。

ようやく車が神奈川県警本部に到着すると、竜崎は早足で、エレベーターホールに向かった。

刑事部のフロアにやってくると、すぐに池辺刑総課長が駆け寄ってきた。竜崎は言った。

「話は部屋で聞こう」

刑事部長室に入ると、池辺刑総課長がドアを閉めた。

席に着くと、竜崎は尋ねた。

「妻はどこにいる？」

「南署にいらっしゃいます」

「南署？」

「はい。南区大岡二丁目にあります」

まだ所轄署の配置などが、完全に頭に入っているわけではない。その地名がイメージできなかった。

「どうしてそんなところにいるんだ？　病院とかではないんだな？」

「お怪我《けが》はされていません」

「いったい、どういうことなんだ？　誰かを怪我させたということなのか？」

「幸い、ご本人にもお怪我はないようですし、誰にも怪我をさせてはいないようです」

「でも、交通事故なのだろう？」

「単独事故で、器物を破損されたようです」

竜崎は珍しく混乱してきた。

「単独事故？　待ってくれ。妻は運転などしないはずだが」

明　「それが、なさったようです」

誰かの車を借りて運転し、事故を起こしたということだろうか。

「いつ、どこで、誰の車を運転したんだ？」

「自動車教習所の教習車です」

そうだった。

冴子は、ペーパードライバー教習に通おうかと言っていた。さっそく申し込んで、教習を受けていたということか……。

「状況を詳しく教えてくれ」

清　「教習所の鉄柵《てっさく》に車をぶつけたのだそうです。車の前方と、鉄柵を破損しました。署ではそれについての調書を取っているのだと思います」

「怪我人はないんだな？」

「はい」

竜崎は溜《た》め息をついた。

「それは何よりだった。調書の録取が終われば、それで用はないのだろう？　ならば、わざわざ私を呼び戻すことなどなかったんじゃないのか」

「はあ……」

池辺刑総課長は、うろたえた様子で言った。「奥様の身柄が所轄署に運ばれたというので、少し慌《あわ》ててしまいまして……」

「どうして慌てる必要がある。じきに解放されるのだろう？」

「そうだとは思いますが……」

何だか歯切れが悪いな……。

池辺刑総課長は、誰かに似ていると思いながら話をしていたが、ふいに思い当たった。大森署の斎藤《さいとう》警務課長に似ているのだ。

姿形が似ているわけではないが、どこか煮え切らないところが似ている。警務・総務畑の人たちは、自然と似通ってくるのだろうか……。

「何か問題でもあるのか？」

竜崎が尋ねると、池辺刑総課長は言った。

「車両と鉄柵が破損したのは、奥様の過失だと、教習所側が訴えているようで……」

竜崎は、一瞬唖然《あぜん》とした。

「それは何の冗談だ？」

「冗談ではないので、奥様は南署に長時間足止めされていらっしゃるのだと思います」

「長時間足止めされているだって？　どのくらい警察署にいるんだ」

「かれこれ、二時間くらいになりますか……」

竜崎は、再び啞然として池辺刑総課長の顔を見つめた。

6

「南署に行かれますか？」

池辺刑総課長にそう尋ねられて、竜崎はうなずいた。

「すぐに行ってみよう」

「では、正面に車を回しておきます」

それから五分後、池辺課長から車の用意ができたという知らせが来た。

車に乗り込むときに、ふと捜査本部のほうはだいじょうぶだろうかという思いが頭をよぎった。

捜査本部は伊丹と課長たちに任せたのだ。もともと警視庁主導の事案なのだし、問題はないと判断した。

車の中からもう一度冴子に電話をかけてみた。やはりつながらない。

まさか、被疑者として取り調べを受けているわけではないだろうな。

竜崎はそんなことを思った。

交通事故で器物を破損したからといって、犯罪者扱いされるはずはない。ただ、二時間の拘束時間は、ちょっと長すぎるような気がする。

実は、警察官でありながら、交通違反や事故を扱う現場については、竜崎はよく知らない。交通部や交通課の経験がほとんどないからだ。

どんな警察官も、経験のない部署のことは知らないものだ。だから、実際に事故処理にどれくらいの時間がかかるのかという知識がなかった。

それにしても、二時間はかかり過ぎではないのか……。

真四角だな……。

南署を一目見て、竜崎はそんな印象を受けた。四階建てのシンプルな直方体の建物だ。

一階に受付があり、男性警察官が竜崎に言った。

「ご用件は？」

「妻が交通事故を起こし、こちらにいると聞いて来たんですが」

「お名前は？」

「竜崎」

「ちょっと待って」

彼は電話をかけた。冴子がどこにいるのか探してくれているものと思っていた。

やがて電話を切ると、係員は言った。

「調書を取っているようだね。しばらくかかりそうだから、あそこで待っていてください」

彼は見るからに座り心地の悪そうなベンチを指さした。疲れた顔の中年男性と、これまたやつれた感じの中年女性が座っていた。

そこに腰かけて待つつもりはなかった。

「妻に会わせてもらいたい」

係員は面倒臭そうに、眼も合わせずに言った。

「いいから、そこで待っていてください。終わったらお知らせします」

「被疑者の取り調べじゃないんだから、会うのはかまわないだろう。どこにいるんだ?」

受付を通り過ぎて、奥に進もうとすると、その係員が声を張り上げた。

「待て。どこに行くつもりだ」

「妻がどこにいるのか教えてくれないのなら、自分で探す」

「勝手に署内に入るんじゃない」

竜崎は、相手をしているのがばかばかしくなり、そのまま進もうとした。

すると、受付の係員がさらに大声を出した。

「おい、こいつを拘束しろ」

地域課らしい係員が二人出て来て、行く手を遮った。

若いほうが言った。

「こっちへ来い。おとなしくしろ」

竜崎はこたえた。

「私はおとなしくしている」

年かさのほうが、ふと怪訝《けげん》そうに竜崎の顔を見た。彼は巡査部長のバッジをつけている。

「あの……」

その巡査部長が言った。「お名前は……」

「竜崎だ」

巡査部長は、その場で気をつけをした。その様子を見て、若い巡査が不思議そうな顔をした。

「何すか、部長……」

巡査部長がこたえる。

「だから、部長だ」

「わかってますよ、部長」

「そうじゃない。こちらは、竜崎刑事部長だ」

若い巡査は何を言われたかわからない様子だった。

受付の係員がやってきた。

「拘束したか？」

巡査部長が怒鳴った。

「ばかやろう。こちらをどなただと思ってるんだ」

「あ……？」

「県警本部の竜崎刑事部長だ」

雷に打たれたようとはよく言ったものだ。受付の係員と若い巡査は、電撃を受けたようにぴんと背筋を伸ばした。

竜崎はあらためて受付の係員に言った。

「妻に会いたいんだ。何とかしてくれないか」

冴子は、一階の交通課にある机の島にいた。空いている机のところだ。キャスター付きの椅子《いす》に腰かけている。

交通課の制服姿の中年係員がパソコンを前に、冴子から話を聞いている様子だ。竜崎が近づいて行くと、冴子が目を丸くした。

「あら、あなた……」

交通課の中年係員が顔を上げた。そして、眉をひそめた。竜崎が、地域課巡査部長をはじめ、三人もの係員を従えていたからだ。何事かと思ったのだろう。

竜崎は交通課の中年係員に言った。

「事故の過失が妻にあるということだが……」

交通課係員が眉をひそめたまま言う。

「ご主人？　今話を聞いているところだからね。あっちで待ってて」

「もう、二時間以上拘束していると聞いたが……」

「何時間だろうがね、必要なら話を聞くんだよ。いいから、あっちに行ってなさい」

「ええと……。話がしにくいので官姓名を聞いていいかね」

「何だと」

交通課係員が目をむいた。「官姓名だと？　ふざけた事言ってると、二人ともブタ箱にぶち込むぞ。最近は刑事ドラマとかの影響で、警察用語を知っているやつが増えて迷惑この上ない」

「おい」

地域課の巡査部長が、真っ青になって言った。「やめろ」

「何だ？　何をやめろって言うんだ？　こういう勘違いしている素人には、きっちり言ってやらなきゃなんねえんだよ」

「こちらは、竜崎刑事部長だ」

「竜崎刑事部長？」

「そうだ。県警本部の刑事部長だ」

「刑事部長は、本郷芳則だろう」

竜崎は言った。

「本郷さんは私の前任者だ。私は昨日着任した……」

交通課係員は、ぽかんとした顔になった。言葉を失っている。

竜崎はもう一度言った。

「官姓名を聞かせてほしい」

交通課係員は突然立ち上がった。

「いえ……。自分は……」

　彼は、すっかりうろたえている。

「言った通り名前がわからないと話がしづらいんだ。他意はない」

「交通捜査係の仙道致《せんどういたる》と申します」

「仙道さん。私の妻が事故を起こしたということだね？」

「はい。教習所の鉄柵にぶつかりまして……。車両の左側前部と鉄柵を破損しました」

「単独事故なんだね？」

「そうです」

「それにしては、拘束時間が長いのではないか？」

「申し訳ありません。今日は何かと立て込んでおりまして、奥様にお待ちいただく時間が長くなってしまい……」

「つまり、調書を取っていたわけではなく、妻はずっと待たされていたということか？」

「あの……。部長の奥様だということを存じ上げなかったもので……」

「問題はそういうことじゃない。誰であれ、身柄を取られて長時間待たされるのは問題だ」

仙道が深々と頭を下げた。

「すいません」

そのとき、冴子が言った。

「あきれたわね……」

その場の男たちは、全員冴子に注目した。竜崎は言った。

「あきれたとはどういう意味だ？」

「私の交通事故の処理に、どうしてあなたがやってこなきゃならないの？」

「知らせを受けた。驚いてやってきたんだ」

「あなたがこの場に顔を出すということが、どういうことなのかわかっているの？」

「何が言いたいんだ？」

「事故をもみ消しに来たと言われても仕方がないのよ」

「そんなつもりはない」

「あなたにそのつもりがなくても、そう解釈する人がいるかもしれないでしょう」

「事情が知りたかっただけだ」

竜崎は仙道に言った。「車両と鉄柵の破損は妻の過失だと、教習所では言っているようだな」

仙道がうなずいた。

「それなんです、奥様にお待ちいただかなければならなかった理由は……。事実確認に時間がかかりまして……」

「妻の過失だということなのか？」

「いえ……。ですから、それを確認しようとしているわけでして……」

冴子が言った。

「あなたがそういう言い方をすると、圧力をかけたことになるわよ」

竜崎は言った。

「だから、そんなつもりはないと言ってるだろう。本当に事実が知りたいだけなんだ」

仙道がおろおろと言った。

「ドライブレコーダーの解析をする必要もありまして……」

竜崎は仙道に言った。

「教習所の教官が同乗していたのだろう」

仙道は、きょとんとした顔になってこたえた。

「それは……。まだ確認していませんが……」

竜崎は冴子に尋ねた。

「どうなんだ？」

「もちろん、教官が乗っていたわ」

竜崎はさらに確認した。

「教習で車に乗ったんだな？」

「そう。ペーパードライバー教習を申し込みに行ったら、空きがあるからというので、さっそく教習を受けることにしたの」

昔に比べて自動車の免許を取ろうという人が減っているらしい。それで教習の枠に余裕があるのだろう。

竜崎は、仙道に言った。

「教習中の出来事ならば、責任は教習所にある」

「あ……」

仙道が言った。「たしかにそうかもしれませんが……」

「そうかもしれない、ではなく、明らかにそうだろう。疑問の余地などない」

「しかし、教習所で鉄柵に衝突するなどという事故は滅多に起きるものではありませんので、ちゃんと調べないと……」

竜崎は、再び冴子を見て尋ねた。

「乗った車は教習車だな？」

「そうよ」

「ならば助手席にもブレーキがついていて、教官が、車を制御できたはずだ。妻の過失というのはおかしい」

仙道はしばらく考えてからこたえた。

「おっしゃるとおりだと思います」

「だいたい、教習所の言い分が変だとは思わなかったのか？」

仙道はたじたじになってこたえた。

「双方の言い分を聞き、事実確認をすることが重要と考えましたので……」

「それはたしかに重要なことだ。だが、常識的な判断はさらに重要だと思う」

冴子が溜め息をついた。竜崎は尋ねた。

「何だ？　何か言いたいことがあるのか？」

「刑事部長が所轄の事故処理に乗り込んで来ることが、常識的な判断なの？」

「夫が妻の様子を見に来ることは普通のことじゃないのか？」

「所轄署とあなたの関係は普通じゃないわ」

「あの……」

仙道が言った。「事実関係の確認が取れましたので、奥様にはお引き取りいただいてけっこうなのですが……」

竜崎は言った。

「では、官舎まで送ろう」

冴子が尋ねた。

「公用車なんじゃない？」

「そうだが……」

「それは公私混同よ。私は一人で帰れるからだいじょうぶ」

「官舎に寄るくらい、どうということはないだろう」

「あなたは、たいていのことには杓子《しゃくし》定規なくせに、どうしてそういうところは脇《わき》が甘いのかしら……」

仙道や、受付の係員、地域課の二人がどうしていいかわからないといった顔で二人のやり取りを見つめていた。

「大切なことと、目くじらを立てるほどでもないことを区別しているだけだ」

「とにかく、私は一人で帰る」

「わかった。では、私も引きあげるとしよう」

出入り口に向かおうとしたとき、制服姿の男が慌てた様子で駆けてきた。

仙道たちが気をつけをする。

その男が言った。

「署長ですが……。署員が何か不始末でも……」

署長は、同じくらいの年齢の男を従えている。おそらく副署長だろう。

竜崎は言った。

「妻が交通事故を起こしたというので、様子を見に来ただけです。用事は終わりました。引きあげるところです」

「いらっしゃるなら、事前にお知らせいただければ……」

誰も彼もが、「事前に」とか「アポイントメントを」というようなことを言う。警察は、そんな悠長な組織なのだろうかと、竜崎は疑問に思った。

「別に公式の訪問ではありません。家族の問題ですから……」

署長が仙道のほうを見た。仙道はさらに緊張した面持ちになった。

「では、失礼します」

竜崎は冴子とともに、玄関を出た。

「乗っていけばいいのに……」

公用車を前に、竜崎が言うと、冴子がきっぱりとした口調でこたえた。

「出世をすれば、それだけ危険も増えるのよ」

「危険……？」

「そう。警察本部ともなれば、所轄署とは違って、気をつけなければならないことがいろいろあるでしょう」

「本部だから特別に気をつけなければならないことなんてない。どこにいようがやるべきことを全力でやるだけだ。警察庁にいたときもそうだった」

「警察庁のときは課長よ。立場が違うでしょう」

どうもぴんとこなかった。冴子も、県警本部の連中も、必要のないことを気にしているように思える。竜崎は言った。

「課長だろうが、部長だろうが、警察官のやるべきことに変わりはない」

「でも、気をつけなければならないことは、上に行くほど増えるはずよ」

ここで議論していても始まらない。

「考えておく」

竜崎が言うと、冴子が尋ねた。

「仕事は？」

「警視庁と合同の捜査本部が新たにできたが、警視庁主導だから、伊丹に任せた」

「じゃあ、今夜はいつもどおり帰宅できるの？」

竜崎は返事に迷った。

「どうかな。後で捜査本部と連絡を取ってみる」

冴子はうなずいた。

「じゃあ……」

彼女は歩き去り、竜崎は公用車に乗り込んだ。


取りあえず、県警本部に戻った。

決裁書類が溜まっている。

署長時代には、ほとんどが最終決裁の書類だった。現在は、部長決裁の書類とともに、本部長決裁の書類があり、その流れを停滞させるわけにはいかない。

ノックの音が聞こえたので、反射的に「どうぞ」とこたえた。

阿久津参事官が入室してきた。

「失礼します」

「何だ?」

「捜査本部からお戻りになられたのですね?」

「ああ。ご覧のとおりだ」

「警視庁の伊丹刑事部長は、どうされました」

「さあ、どうしたかな……。私が捜査本部を出るときには、まだ残っていたが……」

「奥様が交通事故を起こされたそうですね」

竜崎は判押しの手を止めて、阿久津参事官の顔を見た。のっぺりと無表情で何を考えているのかわからない。

「どうしてそれを知っているんだ?」

「刑総課長から聞きました」

「なるほど……」

「所轄の南署に急行されたそうですね」

「たしかに南署に行ったが……」

阿久津参事官は、おもむろにうなずいた。

何かいいたくてやってきたに違いないと、竜崎は思った。
彼の言い分だけは聞いてやろう。竜崎は、部長印を置き、阿久津参事官を見た。

7

「奥様のご様子はいかがですか？」

阿久津参事官に尋ねられ、竜崎はこたえた。

「怪我はない。事情聴取も終わり、自宅に戻った」

「それは何よりです」

「妻の様子が気になって、私に会いに来たわけじゃないだろう」

「まず第一に、奥様のことをうかがうべきだと思いまして……」

竜崎はうなずいた。

「それで、その次は？」

「町田署の捜査本部の様子を教えていただきたいと思います」

「まだ初動捜査の段階だ。伝えるべきことはない」

「伝えるべきと、部長がお考えになることと、私にとって重要なことは一致していないかもしれません」

「つまり、すべて話せということか？」

「できれば、それがよろしいかと……」

竜崎は、捜査本部で発表されたことを伝えた。記録を取ったわけではないが、初動捜査の結果くらいはすべて頭に入っていた。

話を聞き終えると、阿久津は言った。

「身元不明の遺体……。身分を証明するものは何も所持していなかったのですね？」

「そういうことだ」

「被害者は日本人でしょうかね？」

竜崎は虚を衝《つ》かれた。

「何だって？」

「横浜におりますと、ふとそういうことが気になります。東アジア最大のチャイナタウンをかかえておりますから……」

「捜査員は誰も、被害者が外国人だとは考えていない様子だったが……」

「ふと思っただけです。ご放念いただいてけっこうです」

竜崎は考えた。

「いや、可能性はあるかもしれない。捜査本部に伝えておこう」

「なるほど、噂《うわさ》どおりですね」

「何のことだ？」

「部下の考えに耳を貸そうとしない上司は多いものです。特に捜査畑の管理職はプライドがありますから……」

「誰の意見だろうと、可能性があれば採用する。それが捜査のためになる」

阿久津はかすかに笑みを浮かべた。どういう思いで笑ったのかわからなかった。だが、どうでもいいと、竜崎は思った。阿久津が言った。

「向こうは、伊丹刑事部長と、田端捜査一課長が臨席されていたのですね？」

「向こうというのは、警視庁のことか？」

「そうです」

「なぜ、そんな言い方をするんだ？　同じ警察組織で、しかも同一の事件を追っている。向こうという言い方は変だろう」

「他意があるわけではありません。警視庁側の出席者を知りたかっただけです」

「部長と捜査一課長。神奈川県警と同じだ」

「現在、伊丹部長はどうされていますか？」

「さあな。捜査本部を出るときに、あとは頼むと言ったが……」

阿久津は、その点を追及してくるのではないかと、竜崎は心の中で身構えた。もし、伊丹が捜査本部に残っていたとしたら、彼の言い方を借りると、「バランスを欠いた」ということになる。

神奈川県警と警視庁、両方の部長が臨席していればバランスは取れるが、伊丹一人だと警視庁側に傾く、というわけだ。

捜査本部内のバランスを崩すことになった竜崎の行動について、阿久津は非難するのではないだろうか。竜崎はそう考えていた。

阿久津が言った。

「それで、ここで何をなさっているのです？」

「言いたいことはわかる。捜査本部に戻れと言うのだろう」

阿久津が怪訝そうな顔をした。

「捜査本部に？　そうではありません。一刻も早くご自宅に戻られるべきでしょう。奥様はお一人なのでしょう」

「ああ。一人でいると思う」

「事故を起こした後、自宅でお一人だとさぞかし心細いのではないでしょうか」

どうだろうと、竜崎は思った。

冴子が心細い思いをしているなどとは考えもしなかった。南署に駆けつけた竜崎を叱責《しっせき》したのだ。

言われてみると、冴子のことが急に気になってきた。すぐに電話してみようと思った。

阿久津の本心はまだわからない。彼の言うとおりに自宅に戻ったら、後で何を言われるかわからないのだ。

そして、「自宅に帰れ」と言われたら、急に帰りたくなくなった。

「これから捜査本部に向かう」

阿久津は驚いた顔で言った。

「その必要はないかと思いますが……」

「気になるんだ。君が言ったことを伝える必要もある」

「はあ……。自宅に戻られたほうがいいのではないかと思いますが……」

「捜査本部に顔を出して、長居する必要がないと判断したら、すぐに帰宅する。君は残っている必要はないぞ」

「ええ、帰宅させていただきます」

阿久津が礼をして部屋を出て行こうとした。竜崎は彼を呼び止めて尋ねた。

「どうして被害者が外国人だと思ったんだ？」

「申しましたとおり、中華街を抱える横浜におりますと、いろいろと考えることがあるんです」

「なるほど」

「それに……」

「何だ？」

「死因が気になりました。頸《くび》を折られていたのですね？　外国人の仕業かもしれないと思いまして……」

竜崎はうなずいた。

「わかった」

阿久津が部屋を出て行った。

彼の捜査センスは悪くないのではないか。閉じたドアを見つめながら、竜崎はそう思った。

携帯電話を取り出し、冴子にかけた。

呼び出し音を十回聞き、切ろうかと思ったとき、相手が出た。

「あなた、何かあった？」

「いや、そうじゃないが……。その後、どうだ？」

「どうだって、何が？」

「おまえのことだ」

「別にどうもしないけど……。美紀が帰ってくるんで、夕食の仕度をしているわ。ちょうどよかった。あなた、夕食は？」

「これから捜査本部に顔を出す。それから帰って食べるかもしれない。戻れないようなら電話する」

「わかった」

「事故の件はだいじょうぶなんだな？」

「警察からも自動車学校からも、その後何も言ってこないけど……」

体調も、心理的な影響も特に問題なさそうだ。阿久津に言われるまで気にしていなかったのだが、やはり心配する必要はなかったようだ。

「わかった。じゃあな」

携帯電話を切り、ポケットにしまうと、竜崎は刑総課長に電話した。

「はい、刑事総務課」

「竜崎だ。捜査本部に向かうから車を用意してくれ」

「了解しました。すぐに正面に回します」

竜崎は席を立ち、刑事部長室を出た。

捜査本部にまだ、伊丹の姿があったので、竜崎は少々意外に思った。全員起立で迎えられ、幹部席に着くと、伊丹が言った。

「おい、奥さんはどうだった？」

「怪我はない。教習車を運転していて、柵《さく》か何かにぶつけたらしい」

「教習車？」

「ペーパードライバー教習だ」

「へえ……」

「それより、こっちはどうなっている？」

「特に進展はないな。被害者の身元もまだわかっていない。上がりが午後八時で、それから捜査会議だから、目撃情報でもあればいいが……」

竜崎は時計を見た。もうじき八時だ。会議が終わるまでは帰れないなと思った。

竜崎は声を落として、伊丹に言った。

「被害者が外国人ではないかという意見があるんだが……」

伊丹が言った。

「誰の意見だ？」

「うちの参事官だ」

「どうしてひそひそ話なんだ？」

「他の捜査員に聞かれて、先入観を与えてはいけないと思ってな」

「根拠は？」

「中華街を抱えている横浜にいると、そういうことを考えるようになるそうだ」

「それは根拠とは言わないな」

「先ほどの会議でも話題になった手口のこともある。頸椎《けいつい》を損傷させられている。その手口が日本人っぽくないと……」

「軍隊の特殊部隊説か？　さっき、おまえは、自衛隊でもそんな技術を訓練するんじゃないかと言っていたな。つまり、手口から犯人が外国人だということはできないし、だから被害者が外国人だということにもならない」

「あの……、よろしいですか」

田端課長が言った。伊丹はこたえた。

「ああ、何だ？」

「被害者が外国人かもしれないという説ですが、蓋然性《がいぜんせい》は高いと思います」

「何だ。俺たちの話を聞いていたのか」

「隣ですからね。聞こえますよ」

竜崎は田端課長に尋ねた。

「蓋然性が高いというのは、どういうことだ？」

「被害者の衣類には特徴はなかったんですが、下着が中国の量販店などで売られているメーカーのものらしいんです」

伊丹が反応した。

「中国……」

「はい。ごく廉価《れんか》な製品のようです」

「中国で安い衣類を購入してきた日本人かもしれない」

田端課長がうなずいた。

「もちろんその可能性もありますが……」

竜崎は伊丹に言った。

「うちの参事官の勘もばかにならないかもしれない。おそらく、理屈ではなくぴんとくるものがあったんだろう」

伊丹はふんと鼻で笑った。

「刑事が勘に頼っていたのは、はるか昔の話だ。今は科学捜査の時代だ」

「科学捜査はたしかに頼りになる。映像解析で被疑者が割り出される例は年々増えているし、裁判での証拠能力も高い。だが、捜査は人間がやるものだから、勘とか筋読みとかのマンパワーもばかにはできない」

「俺は刑事部長の先輩だぞ。そんなことは言われなくたってわかっている。根拠が希薄な説には乗れないと言っているだけだ」

そのとき、ずっと黙って三人のやり取りを聞いていた板橋課長が言った。

「神奈川では、外国人同士の事件があっても、誰も驚きません」

伊丹が驚いたように板橋のほうを見た。田端課長の発言はすんなり受け容《い》れたくせに、板橋課長が発言すると意外そうな顔をした。

こんなところにも、一種の差別を感じた。

田端課長が言った。

「東京でも外国人絡《がら》みの犯罪は増えているが……」

それに対して板橋課長が言った。

「竜崎部長が言われたとおり、中華街を抱える横浜には、大勢の中国人が住んでいる。それを頼って中国から渡ってくる人々も少なくない。問題はそういった一時的に横浜に滞在したり、通り過ぎていく中国人だ」

　田端課長が尋ねた。

「追跡ができないんだな」

　板橋課長がうなずく。

「もちろん、犯罪などとは無縁の人々もいる。だが、もし彼らが犯罪に関わったとしても、捜査にさまざまな障害が立ちはだかる」

「華僑《かきょう》の壁か……」

　伊丹が言った。

「まだ被害者が外国人だと決まったわけじゃない。確認を取ることが必要だ」

　田端課長が言った。

「わかりました。入管にも問い合わせてみます」

「いいだろう。やってくれ」

　伊丹がそう言ったとき、岩井管理官が幹部席に近づいてきた。

「捜査会議を始めたいと思いますが……」

　伊丹が鷹揚《おうよう》にうなずく。

「始めてくれ」

会議では目ぼしい事実は発表されず、竜崎は時間を気にしていた。冴子が起こした事故のことがまた気になりはじめていた。

教習中の事故について、教習を受けていた者に責任を問うなど、どう考えても非常識だ。そんなことが認められるはずはないのに、どうして、教習所はそんなことを主張したのか。

それがひっかかっていた。

会議で伊丹が、被害者は外国人の可能性があると発言した。竜崎が言ったことをまるで自分の意見のように話している。

だが、竜崎は気にしなかった。誰が発表しようが問題ではない。捜査員にその認識が共有されることが重要なのだ。主張したことが無視されるよりずっといいと思った。

警視庁の捜査員が、現在現場付近の防犯カメラの映像を収集しており、それにより不審な車両を発見できる可能性があると述べた。

かつて、防犯カメラを設置しようとすると、プライバシーの侵害だと反対する人たちがいた。だが昨今、犯罪捜査に対する有効性が明らかになると、今度は「どうして、もっとたくさん設置しないのか」という声が上がる。

民衆というのは自分勝手なものだ。だが、彼らの声を無視することはできないと、竜崎は思う。身勝手な国民に尽くすのが公務員の務めなのだ。

ともあれ、防犯カメラの映像解析はきっと成果を上げるだろうと竜崎は思った。

捜査会議が終わると、再び外に出かけて行く捜査員たちがいる。捜査本部内に残った捜査員は少ない。

彼らが一斉に立ち上がった。伊丹が席を立つのだ。

「俺は帰るが、おまえはどうする？」

竜崎はこたえた。

「俺も帰ろうと思っていたところだ」

「じゃあ、いっしょに出るか」

そうすれば、捜査員たちが気をつけをするのが一回減ることになると思い、竜崎は言った。

「そうしよう」

両部長がいっしょに退席したとなれば、阿久津も満足だろう。

竜崎は席を去るとき、板橋課長に言った。

「無理はせずに、帰れるときに帰るんだ」

「わかりました」

戸惑っている様子だ。部長からそんなことを言われるとは思わなかった、という表情だ。

竜崎は伊丹と並んで捜査本部をあとにした。

自宅に戻ったのは、十時頃のことだ。ダイニングテーブルで美紀が食事をしていた。

竜崎は言った。

「今食事か。遅いんだな」

「残業に加えて、通勤に時間がかかるようになったからね。お父さんも遅いじゃない」

「捜査本部から戻ったところだ」

「捜査本部？　何の事件？」

「捜査情報は家族にも話せない」

「別にいいじゃない。新聞やテレビのニュースを見れば見当がつくんだから……」

「おまえが勝手に見当をつける分にはかまわないが、父さんが話すと問題になる。それが露呈したら、父さんは懲戒処分だ」

美紀は肩をすくめた。

「警察って面倒臭い」

「もっと面倒臭い世界はいくらでもある」

「警察って言えば、お母さんが長時間拘束されたんでしょう？」

「ああ。父さんが行かなければ、もっと拘束されていたかもしれない」

「大げさなのよ」

冴子が台所から出て来て言った。「何も来ることはなかったのに……」

「事故の責任を問われていると、刑総課長から聞いた。事情を知りたいと思うのは当然だろう」

「同じことは何度も言いたくないんだけど、これだけは言っておかなくちゃ。あなたが所轄《しょかつ》に現れるというだけで、大事《おおごと》なのよ」

「その話はわかった。とにかく飯にしよう」

竜崎は寝室に着替えに行った。ダイニングテーブルに戻ったときには、すでに美紀の姿はなかった。

「美紀は通勤がたいへんなんじゃないのか？」

「横浜でいっしょに住むと決めたのは美紀なのよ」

「東京に住んだほうが時間的にも楽だろうに……」

「それも充分に考えてのことなのよ」

三五〇ミリリットルの缶ビールが置かれている。竜崎はそれを飲みはじめる。自宅で夕食をとるときには必ず、ビールを一缶だけ飲む。

食事を始めると、冴子もダイニングテーブルに向かって座った。竜崎は言った。

「事故のこと、訊《き》きたいんだが……」

「いいわよ。何を話せばいいの？」

「どういう状況だったんだ？」

「どういう状況も何も……」

冴子は一つ溜《た》め息をつく。「路上教習から教習所に戻るときに、出入り口の脇にある鉄柵にぶつかったのよ」

「そのとき、教官は何をしていたんだ？」

「ブレーキ、と叫んでいたわね」

「ブレーキを踏んだのか？」

「踏んだと思うけど……」

「教官はブレーキを踏まなかったのか？」

「そんなの、私にわかるわけないじゃない」

「しかし、事故が起きないように、教官が乗る助手席にもブレーキがついているんだろう」

「案外私がうまいので、油断していたのかも……」

「それは教官の過失だ。つまり、教習所の過失ということだ。おまえに責任はないはずだ」

「私もそう思うわ。あなた、南署の担当者にもそう言ってたわよね」

「言った」

「だったら、それでお終《しま》いじゃない?」

「そう思うがな……」

「それより、私はあなたが捜査本部を離れて南署にやってきたことが気になっているの」

お互いに心配し合っていたということだ。

「実は俺も、何か言われるんじゃないかと思っていた。だが、一番問題視しそうなやつが何も言わなかった」

「誰なの、その一番問題視しそうなやつって」

「参事官の阿久津というやつだ。文句を言うどころか、一刻も早く帰宅しろと言われた」

「でも、あなたは捜査本部に向かった……」

「おまえのことを心配していなかったわけじゃないんだ。ただ、阿久津に帰れと言われると、素直に帰る気になれなくてな……」

「責めているわけじゃないわ。それで正解だと思う」

「正解？」

「そうよ。罠《わな》かもしれない」

「罠だって……？」

「阿久津って人は、あなたが赴任する前から参事官だったんでしょう？」

「そうだ」

「あなたがどの程度の上司か試そうとしているのかもしれない。あるいは、反感を抱いていることだってあり得るでしょう」

「別に反感を買うようなことをした覚えはないが……」

「あなたは気づいていないでしょうけど、おそらくあちらこちらで敵を作っているはずよ」

「そんなことはないと思うが……」

あまり自信はなかった。

「もしあなたが、阿久津参事官の口車に乗ってうちに帰ってきたら、後でそれが問題にされていたかもしれない」

竜崎は苦笑した。

「俺も一瞬、同じことを考えた。だが、今になってみれば、そんなことはないだろうという気がする」

「言ったでしょう。偉くなると、それだけ制約も増えるのよ」

「ああ、覚えておこう」

竜崎は食事を終えた。

8

翌日は、直接町田署の捜査本部に向かった。すでに伊丹が来ていた。部長が来ているのだから、田端課長も来ていた。板橋課長の姿もあった。

町田署署長の姿がない。まだやってきていないようだ。竜崎が一番最後というわけではなさそうだ。

席に着くと、伊丹が話しかけてきた。

「今日は来ないかと思ったぞ」

「どうしてだ？」

「この事案は警視庁主導だ。おまえが毎日やってくる必要はない」

「そうはいかない。バランスが大切だと、うちの参事官が言うんでな」

「へえ……。丸くなったもんだな」

「丸くなった？」

「参事官が何と言おうが、無駄なことは決してしないのがおまえだと思っていた」

「無駄なことだとは思ってない。だから来ているんだ」

「被疑者はうちが持っていくんだぞ。神奈川県警の実績にはならない。多忙な刑事部長がやってくるのは無駄じゃないか」

「実績がどうのという問題じゃない。こいつは警視庁と神奈川県警が協力しなければならない事案だ。だから俺は来ているんだ」

伊丹はにっと笑った。

「俺に協力するために来ているというわけだな」

「別におまえに協力するとは言ってない」

「いや、そういうことになるんだよ。そうか、まあ、それなら俺があれこれ言うことはないな」

伊丹は妙に機嫌がよくなった。その姿を見ていると、竜崎はなぜか不愉快になった。

やがて、町田署署長が到着して、捜査会議が始まった。司会はいつものように、岩井管理官だ。

彼はいったい、いつ寝ているのだろう。

竜崎はふとそんなことを思った。見たところ、寝不足の様子ではない。もっとも、体調は他人の眼からはわからないものだ。岩井管理官は、ポーカーフェイスなのかもしれない。

「解剖の結果が届きました。死因は、頸椎の損傷と脱臼《だっきゅう》。それに伴う延髄の損傷です。頸椎を急激に捻《ねじ》られたことが原因と見られています」

岩井管理官が発表した。これは現場で遺体を見分した検視官の見立てと一致している。岩井管理官の報告が続いた。

「その他に外傷はなし。死因については以上ですが、ちょっと耳寄りな参考情報があります。被害者は、セレン欠乏症の疑いがあるそうです」

伊丹が聞き返した。

「セレン欠乏症？」

竜崎も聞いたことがなかった。

岩井管理官が説明した。

「重篤《じゅうとく》な場合は、ケシャン病、あるいはクーシャン病と呼ばれる病気を引き起こし、死に至ることもあるそうです。これは、世界的に見るとごく稀《まれ》な症状なのですが、中国の黒竜江《こくりゅうこう》省や江蘇《こうそ》省ではよく見られる症状だということです。日本人ではほとんど報告例がないらしいです」

伊丹がうなずいて言った。

「下着の件と合わせて考えると、被害者は中国人である可能性が大だということだな」

竜崎からその話を聞いたことなど、すっかり忘れてしまったかのような態度だ。伊丹は昔からこういうやつだった。

竜崎は言った。

「中国人だとなかなかやっかいだという話を聞いた」

伊丹が顔をしかめる。

「おい、差別的な発言じゃないだろうな」

「そうじゃない。捜査上やっかいだという話だ。神奈川県警は、それをいやというほど知っているということだ」

伊丹が言った。

「わかってるよ。中華街だろう」

「中華街に住んでいる人が問題なんじゃない。むしろ、その伝手《つて》を頼って中国からやってくるような連中が犯罪と絡むケースがある。それについては、板橋課長がよく知っているのではないかと思うが……」

指名されて、板橋はわずかに姿勢を正した。

「昨今、華僑も世代交代というか……。旧世代の華僑に対抗する形で、新世代の華僑が台頭してきているようです。中華街には昔から自治団体がいくつかあり、独自の風習を守っているのですが、そういう伝統に従わない世代も増えているということです」

伊丹が興味なさそうな顔で言った。

「どこの世界でも世代交代はあるもんだ」

板橋課長はかまわず説明を続けた。

「そういう世代の中に、チャイニーズマフィアなどの反社会的勢力と関わっている者もいるという噂があります」

伊丹が尋ねる。

「じゃあ、今回の犯罪はチャイニーズマフィア絡みだということか？」

板橋課長が口ごもる。

「いや、そういうわけでは……」

竜崎は言った。

「板橋課長は現在の中華街の状況について話しただけで、別に被疑者がどうこう言っているわけではない」

伊丹がこたえた。

「ああ、わかってるよ」

岩井管理官が竜崎と伊丹のほうを見て、どうしていいかわからないような顔をしている。田端課長がその岩井管理官に言った。

「他に何か？」

岩井管理官は、ほっとしたような表情で話しはじめた。

「現場付近には、三台の防犯カメラが設置されていました。その映像を入手し、現在解析を進めています。不審車両などを発見できるものと思われます」

伊丹がうなずいた。

「そうだ。犯人たちは必ず車両を使用しているはずだ。ビデオ解析はＳＳＢＣがやっているのか？」

「そうです」

ＳＳＢＣは、捜査支援分析センターの略だ。

「急がせてくれ」

「はい」

それを聞いて、竜崎は言った。

「神奈川県警でも手分けできる。うちにも捜査支援室がある」

「ああ……」

伊丹が苦笑を浮かべる。「警視庁にならって作ったらしいが、規模と実績が違う。うちに任せてくれればいい」

言葉の端々に、優越感というか、神奈川県警を軽んじているような響きを感じる。

竜崎は言った。

「そのほうが解析が早く済むだろうと思ったから言ったまでだ」

「だいじょうぶだ。ＳＳＢＣに任せてくれ」

別に無理強いするような話ではない。竜崎はそれ以上は言わないことにした。

伊丹が岩井管理官に尋ねた。

「入管のほうはどうだ？」

「問い合わせをしていますが、今のところ何もわかっていません。……というか、こちらから何か具体的なことを質問しないと、向こうでも調べようがないので……」

「わかった。他には？」

昨夜の捜査会議以降の聞き込み等の結果について報告があったが、注目に値するものはなかった。

捜査会議が終わり、町田署署長が席を立った。署内にいるので、何かあればすぐに駆けつけられるという気楽さを感じる。

伊丹は居座る様子だ。竜崎もしばらくここにいようと思った。

「もし……」

伊丹が思案顔で前を向いたまま言った。「被害者が中国人で、犯人も中国人だとしたら、俺たち刑事だけでは済まない話になるぞ」

竜崎はこたえた。

「日本の刑法は属地主義だ。どこの国籍だろうが日本国内で罪を犯せば、日本の法律で裁かれることになる。殺人及び死体遺棄事件はれっきとした刑事事件だから、刑事が捜査するのが理屈に合っている」

「バックグラウンドというものがあるだろう。なぜ、中国人が日本国内で中国人に殺されなければならなかったのか……。きっと公安も黙っていない。入管だって事情を知りたがるだろう。つまり、法務省も黙っていないということだ」

「法務省は関係ないだろう。むしろ、知らんぷりを決め込むんじゃないのか。入国させた外国人が犯罪者となったわけだ。できれば関わりたくないと考えるだろう」

「どうかな……。まあ、もし法務省がおまえの言うとおりだとしても、公安はやっかいだ」

「そして、横浜の中国人社会もやっかいだな……」

伊丹は苦い顔をした。

「おまえといると、なんだかやっかいなことばかり起きる気がする」

「気のせいだ」

「そうかな……」

「それに、まだ被害者が中国人だと確認されたわけじゃないし、犯人も中国人だと決まったわけじゃない」

「それはそうだが、事前の備えも大切だ」

「公安部との政治的なやり取りは得意だろう。捜査の邪魔をしないように話をつけるのは、おまえの役目だ」

「おい、そういうときは協力を申し出ないんだな」

「そっちの事案だからな」

「冷たいやつだな」

「そういう問題じゃない」

そのとき、竜崎の携帯電話が振動した。冴子からだった。

竜崎は伊丹に「女房からだ」と告げて、電話に出た。

「どうした？」

「南署に来てくれたとき、来るべきじゃなかったなんて言っておいて今さら、の話なんだけど……」

「何だ？」

「また、南署に呼ばれたの。あのときの、仙道という担当者に……」

「何の用だ？」

「警察が一般市民を呼びつけるのに、いちいち用件を言うと思う？」

「言うべきだ」

「でも、実際にはちゃんと理由を話してなんてくれない。昨日の話の続きがあるので出頭するように、と言われた」

「それは理不尽だな」

「理不尽だけど、それがまかり通っているのよ」

「警察の現場について、おまえが俺より詳しいという事実は驚きだな」

「どこにでも表の顔と裏の顔があるものよ。警察署や交番のお巡りさんは、きっとあなたの前では気をつけをするんでしょうね。でも、一般市民に対しては横柄《おうへい》な警官や失礼な警官はいくらでもいるのよ」

「それはわからんでもない」

「来いと言われたら、行かなきゃならないのよね」

「そんなことはない。出頭はあくまで任意だ。断りたいのなら断ればいい」

冴子は溜め息をついた。

「行ってみるわ。どんな用事か気になるし……」

竜崎は考えてから言った。

「俺がまた南署に行くと、おまえは非難するのだろうな？」

「そうね。あなたは来るべきじゃない」

「それは理解した。俺は捜査本部にいることにする。だが気になるので、どんな話をされたのか、電話で知らせてくれ」

「ええ、そうする」

電話が切れた。

伊丹が好奇心に満ちた顔で質問してきた。

「何だ？　奥さんに何かあったのか？」

「昨日の事故の件で、また所轄から呼び出しがあったらしい」

伊丹が怪訝《けげん》そうな顔になる。

「柵か何かにちょっとぶつかっただけだろう？　そんな事故で、二日にわたって呼び出されるってのは、ちょっと変だろう」

「俺もそう思うが、実際俺は事故処理のことなどあまり知らない」

「まあ、俺もそうだがな……。常識としておかしいだろう」

「女房に言わせると、現場ではおかしなことがまかり通っているらしい」

「昨日、所轄に行ったんだろう？」

「行った」

「今日も行ってみたらどうだ？」

竜崎はふと周囲を見回した。この会話は、両課長に聞かれているかもしれない。だから、ここで込み入った話はしたくなかった。

「いや、今日はここにいることにする」

伊丹は小さく肩をすくめただけで何も言わなかった。

それから約一時間後、冴子から再び電話があった。竜崎は幹部席で電話を受けた。

「どうした？」

「自動車と教習所の柵の修理代を出せと言われた」

竜崎は耳を疑った。

「ちょっと待て。その話は、昨日片がついたんじゃないのか？」

「どうやら、向こうはそう思っていなかったようね」

「向こうって、仙道のことか？」

「そう。そして、教習所」

「教習中の事故は、教習所の責任だ。こちらが金を払う理由はない」

「そう言ったんだけど、今度はなかなか相手も強硬で……」

「仙道と電話を代わってくれ」

「それは無理ね」

「なぜだ？」

「電話をかけるなと言われているの。今、トイレに来てようやく電話ができたの」

「ばかな。電話を禁じる根拠も権限もないはずだ」

「でも、そう言われているの。逆らったら電話を取り上げられるわ」

今や携帯電話はただの電話ではない。個人情報が満載なのだ。それを取り上げられるとえらく面倒なことになりかねない。

「部長の俺が所轄にのこのこ出かけてはいけないんだったな」

「ええ、そうね」

「だが、今おまえは俺に来てほしいんだな？」

「あんなことを言っておいて、矛盾しているんだけど……」

「すぐに行く」

隣で聞き耳を立てていた伊丹に、「ちょっと席を外す」とだけ告げ、捜査本部をあとにした。

望ましいことではない。それは充分に自覚している。だが、家族の問題は優先順位としてはかなり上位のはずだ。ここは南署に駆けつけていい場面だ。竜崎はそう思った。

公用車を使うのだけは避けた。冴子のアドバイスに従ったのだ。たしかに家族の問題に公用車を使うのは公私混同になるだろう。竜崎は、町田署から南署までタクシーを使った。

南署に到着したのは、二度目の電話をもらってから約一時間後だった。すでに話がついて、冴子が帰宅していればいいが……。

そんなことを思いながら、署の受付にやってきた。昨日とは別の係員がいた。同じようなやり取りを繰り返すのが嫌で、竜崎は身分証を提示し、名乗った。

「刑事部長の竜崎だ。交通課に用がある」

係員は即座に気をつけをして言った。

「ご案内します」

「場所はわかっているから、いい」

受付の係員は何か言おうとしたが、かまわず進んだ。交通課にやってくると、冴子は昨日と同じ場所にいた。仙道と向かい合っている。

その仙道の隣に、見たことのない男がいた。きちんと背広を着ているが、なんとなく一般人と雰囲気が違う。

竜崎が近づいていくと、冴子が言った。

「あなた……」

仙道と隣の男が、同時に竜崎のほうを見た。

9

仙道は立ち上がったが、いっしょにいる男は座ったままだった。

仙道は驚き、すっかり恐縮した様子だ。

「あ、竜崎部長……。いらっしゃるとは……」

竜崎は言った。

「妻が何度も呼び出されているんだ。夫としては様子を見に来たくなるだろう」

「ああ、あなたが竜崎さん」

見知らぬ男が言った。年齢はおそらく六十代の半ばだ。

竜崎は言った。

「そうです。竜崎です。あなたは?」

「滝口達夫《たきぐちたつお》と言います」

彼は立ち上がり、名刺を出した。竜崎はそれを受け取った。

『ドライビングスクール京浜《けいひん》所長』とある。教習所の所長だ。つまり、この男が冴子に修理代を請求しているということだ。

滝口は再び腰を下ろした。仙道は立ったままだ。竜崎がどこかに座らない限り、彼も着席できないのだ。

そして、仙道は竜崎に座れとは言わなかった。

竜崎は仙道に向かって言った。

「事故はきわめて軽微で、怪我人もいなかった。それなのに、昨日は長時間拘束し、今日になってまた出頭しろと言った。これはどういうことか説明してもらおうか」

「いや、それは……」

仙道は、ちらりと滝口のほうを見た。彼のことを気づかっているようだ。なぜだろうと、竜崎は不思議に思い、滝口を見た。

滝口は不遜《ふそん》な態度だ。どうしてこの男は、警察署で偉そうにしているのだろう。

その疑問は、仙道の次の一言で氷解した。

「あ、申し遅れましたが、滝口さんは県警のOBでいらっしゃいます」

「県警OB……」

滝口が言った。

「交通畑が長くてね。最後は県警本部の交通部管理官だった」

ということは、警視で退官したわけだ。つまり、キャリアではなく地方《じかた》だ。

警察官OBの再就職先はいろいろあるが、自動車教習所もその一つだ。警察は典型的な縦社会なので、OBはどこでも幅をきかせている。

仙道が、二度も冴子を呼び出し、理不尽とも言える教習所の要求を伝えているのは、滝口のせいに違いないと、竜崎は思った。つまり、仙道は滝口の要求を突っぱねることができないのだ。

竜崎は言った。

「教習中に事故があったとしても、それは教習所の責任でしょう。そのために教官が乗る助手席にもブレーキがついているはずです。ですから、柵《さく》や車の修理代を払う義務はありません」

滝口は、にやにやと笑みを浮かべている。

「さすがに、キャリアの部長さんは弁が立ちますなあ」

「当たり前のことを言っているだけです」

「苦労知らずで、とんとん出世なさるキャリアは、何でも理詰めで物事が片づくとお考えのようですな。でも、世間というのはそういうものではないのですよ」

「あの……」

冴子が言った。「うちの主人にそういうことを言っても無駄です」

滝口は笑みを消さずに言う。

「それはどういうことですか?」

「今におわかりになると思います」

滝口は、竜崎に眼を戻した。

「たしかに、免許をお持ちでない生徒さんについては、教官が責任を持たなければなりません。しかし、奥さんは免許をお持ちだ。都道府県が認めた運転免許です。そして、免許を持っているということは、運転に責任を持つということなのです。それはおわかりですね?」

竜崎は考えた。そして、こたえた。

「たしかに、運転免許というのはそういうものですね」

「運転免許をお持ちの奥さんがハンドルを握られていた。つまり、車両の運行に責任があったということです」

「そこまでは、あなたのおっしゃるとおりでしょう。しかし、事故は教習中の出来事でした。助手席に教官がおり、ブレーキをかけられる状況でした。ならば、責任はその教官にあります」

「免許を持たない教習生が車両を運転している場合なら、あなたのおっしゃるとおりです」

「いや、免許を持っていようがいまいが、教習を受ける者に事故の責任はありません」

「柵を壊しただけの軽い事故だから、あなたは事態を軽く見ておられるのだと思います。もしこれが、重大な人身事故だったら、と考えてみてください。免許を持ち、公道を運転していた者の責任となるのは当然でしょう」

彼が言うとおり、免許を持ち、公道を走っていて事故を起こしたのなら、それは当然運転していた者の責任となる。それは当たり前の話だ。

滝口は、疑いようのない当然の話をして、俺を煙《けむ》に巻こうとしている。竜崎はそう思った。

「交通事故については、あなたや仙道さんは私よりも詳しいかもしれない。ですから、あなたが言われていることに間違いはないでしょう。たしかに、事故を起こしたとしたら、責任は運転手にあります。しかし、同時に、教習所は、教習中に事故が起きないようにするという責任を負っているはずです。言い換えれば債務です。教習生が事故を起こしたら、教習所はその債務不履行ということになるのではないですか？」

「もし、教習生が怪我をされたとしたら、そういう責任を問われることになるでしょうね。しかし、今回の場合は、明らかに運転をされていた奥さんに、不法行為責任がありますす。ですから、柵と自動車の修理代を請求するのは当然のことなのです」

竜崎はうなずいた。

「それは理解しました。法律上あなたのおっしゃるとおりでしょう。妻には事故を起こしたという不法行為による損害賠償の責任があります」

「おわかりいただけましたか」

「一方で、私が言うことも正しいはずです。教官と教習所には、教習中に事故などを起こさせないという債務があり、事故が起きたということは、債務不履行ということになります。つまり、そちらにも損害賠償の責任があるということになります」

「仮免でも事故を起こした場合は運転していた者の責任が問われるのです。ましてや今回、奥さんは免許をお持ちだった。百歩譲っても、奥さんの責任のほうがずっと重いのですよ」

「法律用語を多用すると、たいていの人はごまかされてしまうでしょう。しかし、私も警察官ですから、そう簡単にはいきませんよ」

「ほう、そうですか」

「ここに来てあなたのお話を聞くまで、責任はすべて教習所にあり、妻には何の責任もないと考えていました。しかし、その点は私が間違っていました。運転していた妻にはたしかに事故の責任があります。しかし、その責任は、教習所の責任と同等です。教習所も債務不履行の損害賠償責任があります。しかし、今回はその賠償責任を問わないことにします。ですから、妻の不法行為責任も問わないでいただきたい。つまり、相殺《そうさい》です。それでいかがですか？」

「それはずいぶんと虫のいい言い分ですなあ」

「そうでしょうか。おそらく、仙道さんも私と同じ考えなのではないかと思います。ただ、あなたの要求を断れなかっただけなのでしょう」

滝口は仙道を見た。

「そうなのか？」

仙道はこたえに窮している様子だ。

「いえ、そういうことではなく、私は……」

竜崎はさらに言った。

「警察OBだからといって、現職の警察官に圧力をかけるような真似《まね》は許されるものではありません」

「これは心外ですね」

滝口が笑いを消し去った。とたんに、厳しい眼になる。長年警察官をやってきた者の眼差《まなざ》しだ。「私は圧力なんてかけていませんよ」

「では、軽微な事故の件で、二度も私の妻を署に出頭させたのは、仙道さんの判断だということですか？」

仙道はさらに追い詰められたような表情になった。彼は何も言わず、汗をかきはじめている。

滝口が言った。

「私が奥さんを署に呼べと言ったわけではありません。ですからおっしゃるとおり、仙道君の判断なのでしょうなあ」

「そんなはずはないですね」

竜崎が言うと、滝口の眼差しがさらに厳しくなった。

「私が嘘《うそ》を言っていると……？」

「少なくとも、おっしゃっていることが正確ではないと思います」

「何ですって……」

滝口は、驚いた顔になった。そして、明らかに憤《いきどお》っている様子だ。

「柵にぶつけただけの軽微な事故で、怪我人もいなかった……。署としてはさっさと処理して手を離したい事案でしょう。なのに、こうしてずいぶんと時間を取られている。あなたのOBとしての圧力があるとしか思えませんね」

「仙道は、そんなことはないと言っている。そうだな、仙道」

「はあ……」

竜崎はこたえた。

「圧力を感じている者が、正面からそう質問されて、いいえ、とはこたえられないでしょう」

滝口が次第に苛立《いらだ》った様子になってきた。会った当初は余裕の態度だった。おそらく、思い通りにならないので、腹を立てているのだろう。

滝口の眼がすわってきた。まるで、暴力団員が人を脅すときのような表情だと、竜崎は思った。

反社会的勢力と警察が似たようなものだと言われることがある。警察内部にもそういうことを言う者がいるのだ。

社会学的に言えば、警察は「暴力装置」ということになる。だから、反社会的勢力と似ている面があるとも言える。

問題は、本人がそう思っている場合だ。大学の体育会系運動部から警察に入ってくる者は少なくない。彼らの体には縦社会のルールが染《し》みついている。そして、警察学校では徹底的に団体行動を仕込まれる。

それが、暴力団などの反社会的な組織に似通っているのだ。ある大学の柔道部では、卒業したら警察官になるかヤクザになるかのどちらかだ、というようなことを言ったりするらしい。

極端な言い方なのだが、実際、暴力団に先輩がいる警察官は珍しくないという。

もちろん、キャリアではそういうことはまずない。

地方《じかた》の中には、体育会の伝統を待機寮などに持ち込みたがる者がいる。そうした先輩による体罰等のいじめで、毎年何人もの警察官が辞めていくのだ。

そういう連中は、内部で狼藉《ろうぜき》を働くだけではない。後輩や部下が増えるにつれて、自分が大物になったような勘違いをして、一般市民に対しても乱暴な態度を取ることがある。

そのような態度が、さまざまな不祥事を起こすことにもつながるのだ。

「あんたが言うとおりかもしれん」

滝口の口調が変わった。「そう。認めてもいいよ。仙道は俺に気を使っているんだ。警察官が先輩に気を使うのは当然のことだろう」

「それである種の秩序が保たれていることは認めます」

「そうだろう。ＯＢは大切にするものだ。いずれ、みんな退官するんだ。その後のことも考えないとな。俺たちは、退官後の再就職先を斡旋《あっせん》できる」

なるほど、退官後の暮らしは大切だ。再就職先を紹介してくれるＯＢをおろそかにはできないというわけだ。

竜崎が黙っていると、納得したと思い込んだのか、滝口は悦に入《い》ったように話しつづけた。

「仙道は物事をよくわかっている。だから、俺のために働いてくれるんだ。あんたは、キャリアの部長さんなんだよな。当然、俺が退官したときよりも、階級はずっと上だろう。それで俺がびびると思うかい？」

滝口は、芝居気たっぷりに、間を取ってかぶりを振った。「退官しちまったら階級なんて関係ないんだよ。キャリアか地方《じかた》かも関係ない。みんな退職警察官だ。だから、考えようによっては、県警本部長よりもＯＢが上なんだよ」

縦社会ではそういうことになるのだろうか。竜崎はぴんとこなかった。

「どうもよくわかりませんね」

「何がわからない？」

「あなたが、警察ＯＢだからといって、私の妻が損害賠償をしなければならない理由が、です」

滝口は一瞬、ぽかんとした顔になった。そして、その直後怒りを露《あら》わにした。

「俺をばかにしてんのか？　ちゃんと説明しているだろうが。奥さんには、不法行為責任があるんだって」

「だから、それはそちらの債務不履行の責任と等価だと言っているでしょう」

「あんたの主張と俺の主張が真っ向からぶつかっているわけだ。そういう場合はＯＢの言うことを聞くもんなんだよ」

「いくら相手がＯＢだからといって、理屈に合わないことを聞き入れるわけにはいきません」

滝口は、ふんと鼻で笑った。

「キャリアは二年くらいで異動になるから、俺のことなんて何とも思っていないんだろうが、神奈川県警にいる間は俺を敵に回さないほうがいいぞ」

「私はあなたのことを敵だとは思っていませんが、あなたのほうが私を敵だと考えているようですね。とにかく、私は一円たりとも払うつもりはありません。だいたい、教習所はこうした事態に備えて特別な保険に入っているんでしょう？」

「保険のことなんて、あんたの知ったことではないだろう」

滝口が、一瞬ひるんだように見えた。

「まさか、保険に入っていないんじゃないでしょうね」

「そんなことは、あんたには関係ない」

「二人の主張がぶつかり、お互いに引かないとなれば、裁判で決着をつけることになりますね」

「裁判だと……」

「そうです。裁判はそのためにあるんです」

滝口は、いっそう不機嫌そうな顔になり、仙道に言った。

「おまえ、この件、どう処理するつもりだ？」

仙道は汗を拭《ぬぐ》って言った。

「竜崎部長が裁判をお望みならば、それもいたしかたないと思います」

滝口は仙道を睨《にら》みつけた。このこたえは、気に入らなかったようだ。おそらく、仙道はかなり思い切って言ったのだろうと、竜崎は思った。

やがて、滝口は言った。

「まあいい。裁判となれば金も時間もかかる。そんなことをしている暇はない。今回は、部長さんの言い分を受け容《い》れるとしようか」

当然だ、と思ったが、それは口に出さないでおくことにした。それくらいの分別はあるつもりだ。

滝口は立ち上がった。

「竜崎部長だったな。覚えておくぞ」

彼はそう言うと、玄関に向かった。竜崎はその後ろ姿を見ていたが、滝口の姿が消えると、仙道に言った。

「こちらの言い分が通ったということだから、以降はおとがめなしだな？」

仙道は深々と頭を下げた。

「ご面倒をおかけして、申し訳ありませんでした」

「まったく、面倒なことだ」

竜崎は冴子に言った。「さあ、帰るぞ」

冴子は立ち上がった。

署を出ると、冴子が言った。

「結局あなたに泣きつくことになったわね」

「相手が悪いんだ。気にすることはない」

「あの滝口って人、だいじょうぶかしら……」

「だいじょうぶ？」

「あなたに嫌がらせをしてくるんじゃない？」

「そんなことはないと思う。万が一、そうだったとしても気にすることはない。それより、教習所はどうする？　そっちこそ嫌がらせを受けるかもしれない」

「かまわないわ。もうお金を払ったので、今さら止《や》めるわけにもいかないし。免許を取りに通っているわけじゃないので、認めのハンコをもらえなくて困る、ということもないでしょう」

「まあ、おまえがそれでいいと言うのなら……」

「じゃあ、自宅に戻るわ」

「ああ。俺は捜査本部に戻る」

　二人は、警察署の前で別れた。

10

「戻って来たのか……」

捜査本部に戻った竜崎に、伊丹が言った。

「おまえこそ、まだいたのか」

「あたりまえだろう。捜査本部を仕切っているのは俺だぞ」

実際に仕切っているのは、管理官だ。だが、部長がいれば便利なこともある。警視庁内外に、すみやかに通達が出せるのだ。

「それで……」

伊丹が言った。「どこに行っていたんだ？　県警本部か？」

「南署に行っていた」

「南署？　奥さんが呼ばれた所轄《しょかつ》か？」

「そうだ」

「俺が行けと言ったとき、今日はここにいる、とか言っていなかったか？」

「事情が変わったんだ。おい、こんな話をしていていいのか？」

「いいんだよ。特に進展があったわけじゃない。何があったんだ？」

竜崎は手短に、南署でのやり取りを伝えた。

「OBだって？　県警OBか？」

「詳しいことは聞かなかったが、話の内容からして、神奈川県警の地方《じかた》だな」

「たまにいるんだよな、そういうのが……」

伊丹は顔をしかめた。「警察にいるときにたいして出世しなくても、OBになれば現職すべての先輩ということになる。OBは無敵だよな」

「たしかに退官すれば階級も何も関係なくなる」

「そいつはどこまで行ったんだろう」

「県警本部交通部の管理官だったそうだ」

「……ということは警視だな」

「そうだろうな」

「地方《じかた》としては、まあまあの出世ってところだ。そんなやつが、警視長の部長を相手にでかい面《つら》してるってわけか？」

「おまえはすぐにそういう言い方をする。角が立つだけだろう」

「角が立つとかいう話を、おまえにされたくないな」

「とにかく、話はついたんだ」

「向こうが納得したわけじゃないだろう」

「納得しようがしまいがかまわない。滝口が無茶を言っているのは明らかだ。裁判になってもかまわない」

伊丹は目を丸くした。

「おい、裁判はまずいぞ」

「何がまずいんだ？　お互いに譲らないとなれば、司法に委《ゆだ》ねるしかないだろう」

「県警本部の部長の奥さんが裁判を起こすってのはな……」

「刑事裁判の被告になるわけじゃない。民事なんだ。何の問題もないだろう」

「問題はあるさ。マスコミが注目する。すると、あることないこと書き立てるやつらも出てくる。おまえは、脛《すね》に傷を持ってるからな」

「邦彦の薬物所持及び使用の件か？」

伊丹は慌《あわ》てた様子で左右を見た。二人を挟むように両側に座っている田端課長と板橋課長は、何も聞かないふりをしている。

だが、聞いているだろうと、竜崎は思った。そして、彼らは当然、竜崎の家族の不祥事については知っているはずだ。

伊丹が言った。

「まあ、そういうことだ。マスコミはいつでも警察を餌食《えじき》にしようとしている」

「別に何を書かれても気にはしない」

「おまえが気にしなくても、県警本部には気にするやつがいるはずだ。警察庁にもいるだろうな」

偉くなると、それだけ制約が増えると、冴子が言っていたが、伊丹が言っているのも同じようなことだろう。

「とにかく」

竜崎は言った。「非は滝口のほうにある」

そのとき、竜崎の隣にいた板橋課長が言った。

「あの……。よろしいでしょうか？」

竜崎はこたえた。

「何だ？」

「滝口というのは、滝口達夫さんのことですね？」

「そうだ。知っているのか？」

「ええ。県警の先輩ですから……。私も若い頃に世話になりました」

「世話になったというのは、迷惑を被《こうむ》ったということか？」

「いえ、そういう皮肉な意味ではありません。本当にいろいろと世話になったんです。滝口さんは面倒見のいい先輩でした」

「ただ先輩風を吹かせていただけではないということか」

「そうですね。親分気質《かたぎ》といいますか、たしかにちょっと偉そうに振る舞うところはありましたが、その分いろいろと面倒を見てもらいました」

こういうときに、伊丹が口を挟まないのは珍しい。もしかしたら、板橋を無視しようとしているのだろうか。だとしたら問題だと、竜崎は思った。

「滝口は、交通畑なんだな？」

「交通関係だけでなく地域の情報に通じていましたね。顔が広いので、いろいろな情報が入手できたようです。それが滝口さんの強みでした」

「神奈川県内のことに詳しかったということだな」

「特に、横浜についてはいろいろと知っていました。所轄の頃には、交通課だけでなく、刑事課の連中も滝口さんを頼りにしたものです」

「現職の時代から顔が広かったので、退官してからも、その伝手《つて》で後輩に再就職の斡旋などしている、ということだな」

「今でも滝口さんを頼りにしている人は多いと思います。現職、ＯＢ問わず……」

それが彼の影響力になっているということか……。

それにしても、県警本部長よりもＯＢのほうが上だという滝口の言い分には驚いた。人生の先輩を敬うべきだとは思う。長く生きていれば、それだけいろいろな経験を積むから知恵もつく。

だからといって、無前提に先輩の言いなりになることはない。もし、警察内にそういう風潮がはびこっているのだとしたら、やはり体育会の悪《あ》しき伝統を持ち込もうとする連中のせいだろうか……。

竜崎がそんなことを思っていると、岩井管理官が幹部席に近づいてきた。

「被害者の身元が判明しました」

即座に聞き返したのは伊丹だった。

「何者だ？」

「楊《よう》宇《う》軒《けん》。年齢は三十六歳。やはり、中国人のようです」

「三十六歳……？」

驚きの声を上げたのは、田端課長だった。

「はい、そうです」

「検視官の報告では、おそらく三十代後半から四十代ではないかということだったが……」

「セレン欠乏症の上に栄養状態があまりよくなく、実年齢より老《ふ》けて見えたようです」

「栄養状態があまりよくない……？」

伊丹が言った。「今の中国はずいぶんと豊かになった。観光客は爆買いするし、北海道などの土地を中国人がずいぶん買っているという話を聞く。それなのに、栄養状態がよくないって、どういうことだ？」

竜崎は言った。

「たしかに中国には金がある。だが、国民すべてが金持ちなわけではない。むしろ、金持ちなのはごく一部だ。貧富の差は、日本以上に大きいようだ」

「なるほどな……。それで、その楊なんとか言う被害者は観光客か？」

伊丹の問いに、岩井管理官がこたえた。

「いいえ。確認は取れていないのですが、不法入国の疑いがあります」

「身元はどうやってわかったんだ？」

「聞き込みの結果、彼を知っているという日本人が見つかったんです」

防犯カメラやドライブレコーダーの映像、ＤＮＡ鑑定といった科学捜査の結果ばかりが取り沙汰《ざた》されるが、地道な聞き込み捜査をおろそかにしてはいけないということだ。

伊丹がさらに尋ねる。

「その日本人というのは何者だ？」

「手配師です。情報源として手配師とつながりを持っている捜査員がおりまして、中国人かもしれないということから、その手配師に尋ねたところ、見事に的中したということです」

「ついてたな」

その伊丹の言葉に対して、竜崎は言った。

「ただのつきじゃない。眼の付けどころがよかったということだ」

手配師は、人材斡旋をするのだが、普通は、労働者派遣法や職業安定法の埒外《らちがい》で活動する者たちのことを言う。違法であることを承知の上で手配することもあり、不法就労に関わることが多い。

「本名なのかな……」

伊丹が言う。「ちゃんとしたビザを持っていたら、手配師なんかと関わることはないはずだ。不法入国なんかの場合は、偽名を使っていることも考えられるだろう」

その問いに対して、岩井管理官がこたえた。

「そういうこともあり得ますが、少なくとも手配師にはその名を名乗っていたのです」

「手がかりには違いないか……。確認を急いでくれ」

「了解しました」

岩井管理官が席に戻ろうとした。

板橋課長が言った。

「ちょっと待ってくれ」

岩井管理官が立ち止まり、振り返る。

「何でしょう？」

「その手配師は、主にどこで仕事をしているんだ？」

「手配師ですから、いろいろなところから仕事を拾ってくるでしょう」

「それでも、拠点とするエリアがあるはずだ」

「新宿あたりから町田近辺だと聞いています」

「東京都内か……。わかった」

岩井管理官が一礼して席に戻った。

竜崎は気になって、板橋課長に尋ねた。

「手配師がどこで仕事をしているのかが問題なのか？」

「中国人は、中国人を頼るものです。横浜には中華街があるし、福富町にも多くの中国人がいます。でも、被害者は東京都内を中心に仕事をする手配師と接触しています。それがちょっとひっかかります」

「たまたまじゃないのか」

伊丹が板橋のではなく、竜崎の顔を見て言った。「ふらふらしていて手配師に声をかけられたのかもしれない」

竜崎は言った。

「警察官が、たまたまなどと考えてはいけないと思う」

「世の中に、たまたまとか偶然というのは、存外に多いものだ」

「だとしても、まず何かの因果関係を疑ってみるものだ」

伊丹は肩をすくめた。

「なるほど、ちょっとは刑事部長らしいことを言うじゃないか」

いつもならそんなに気にならない伊丹の皮肉に、竜崎はかちんときた。

「それから……」

竜崎は言った。「俺の部下に何か言いたいことがあるなら、俺にではなく、直接彼に言ったらどうだ」

伊丹は一瞬、ぽかんとした表情になった。

「何の話だ？」

「おまえは、板橋課長を無視しようとしているんじゃないのか？」

「無視だって？　そんなこと、あるはずないだろう」

「そう思うのなら、無意識にやっているんだな。だったら、なおさらたちが悪い」

「妙な言いがかりはよしてくれ」

「言いがかりではない。実際に俺が感じていることだ。部下だけではない。俺に対しても見下しているようなところがある」

「ばかを言うな。おまえとは長い付き合いだ。見下したりはしない」

「そうかな。たしかに俺が警察庁にいたときは、そんなことはなかった。大森署のときも、所轄ではあるが、警視庁の仲間だった。だが、俺が神奈川県警に来たとたんに、俺を下に見るようになった。もちろん、おまえが言うとおり、俺個人に対する気持ちではないかもしれない。つまりおまえは、神奈川県警を見下しているということなんだ」

「考えすぎだ」

「そうかな。軽視される側は、敏感に感じるものだ」

「被害妄想ってやつだな」

竜崎は、ふと二人の課長が聞き耳を立てている気配を感じた。すると、急に自分が言っていることがばかばかしくなってきた。

伊丹が神奈川県警をどう思っていようが、どうでもいい。やるべきことをやればいいだけなのだ。

竜崎は言った。

「被害者が、どうして中国の同胞を頼らず、手配師と関わりを持ったのか、俺たちが調べていいな？」

伊丹はうなずいた。

「もちろんだ。そっちが言い出したことだから、やってくれ」

竜崎は板橋課長に言った。

「聞いてのとおりだ。すぐに手配してくれ」

「了解しました」

板橋課長は携帯電話を取り出した。中隊長のどちらかに電話するのだろう。指示の内容を聞くつもりはなかった。だから、竜崎は伊丹に話しかけた。

「被害者が中国人だということは、犯人もそうだという可能性があるな」

「そうでないことを祈るな……。もし、被疑者が中国人ということになれば、取り調べなどが面倒になるし、中国の捜査当局も何か言ってくるかもしれない」

「別に何を言ってこようが構わないだろう。日本での犯罪は日本で裁くのが原則だ」

「政治的な駆け引きってやつがあるだろう。政府が中国との揉《も》め事を回避しようとすれば、中国側の要求を受け容れるかもしれない」

「外国人犯罪者を本国に引き渡すかどうかは、東京高裁が決めることだ。政治的判断が入る余地はない」

「おまえは相変わらずおめでたいな。高裁の判断にだって政治的な駆け引きが入り込む余地はあるんだ」

「見解の相違だな。司法・行政・立法はすべて独立していなければならない。それが失われたら、民主主義はお終《しま》いだ」

「おまえの理想主義には頭が下がるよ」

「おまえがしっかりすればいいんだ」

「どういうことだ？」

「捜査本部長はおまえなんだ。政治的な思惑などが介入しないようにするんだな」

伊丹は渋い顔になった。

彼は政治的な駆け引きが得意だと自分で思っているようだ。だが、実はそうでもないと竜崎は思っている。

本当に駆け引きが得意な人物とは、はっきりとノーと言える人のことだ。伊丹はそうではない。

伊丹は言った。

「そういうのは、おまえに任せたいところだがな……」

竜崎は何も言わないことにした。

午後三時過ぎに、電話を受けた岩井管理官が幹部席にやってきて報告した。

「楊宇軒の名前で手配したところ、住所がわかりました」

伊丹が尋ねる。

「どこだ？」

「川崎市麻生《あさお》区岡上《おかがみ》……」

「地図を持ってこい」

伊丹の言葉に、捜査員が地図を持って駆け寄ってくる。伊丹の前に広げられた地図を、竜崎も覗《のぞ》き込んだ。

両側の課長たちは覗こうとしなかった。

板橋課長が言った。

「麻生区岡上ですか……」

それを受けるように、田端課長が言う。

「南側が横浜市青葉区に、そして三方を町田市に囲まれた飛び地ですね」

なるほど、二人の課長はすでにそれがどういう場所か知っていたというわけだ。彼らが言うとおり、川崎市麻生区岡上は、町田市の中に島のように存在する地域だった。

伊丹が地図のそのあたりを指さして尋ねる。

「これは畑か?」

田端課長がこたえる。

「そうですね。この地域だけ農地がずいぶんと残っていますね。周囲の町田にはぎっしりと住宅が建ち並んでいるんですが、この地域に入ったとたんに、農地や手つかずの土地が残っています」

伊丹が尋ねた。

「なんでそういうことになっているんだ？」

その問いにこたえたのは、板橋課長だった。

「岡上は、大部分が市街化調整区域と農業振興地域に指定されていますので……」

伊丹は岩井管理官に尋ねた。

「被害者は、農家にでも住んでいたのか？」

「いえ、アパートを借りていたようです」

「アパート？」

板橋課長が言った。

「岡上にも、普通の住宅もあればアパートもあります」

伊丹はちらりと板橋課長を見て「そうか」と言った。少しは、先ほど俺が言ったことが気になっているようだと、竜崎は思った。

伊丹はさらに、岩井管理官に尋ねた。

「住所はどうやって判明したんだ？」

「宅配業者を当たっていた捜査員が見つけました。業者の記録に残っていたようです」

今や宅配業者なしでは生活が成り立たないほどだ。例えば、ネット通販を利用すれば、必ず宅配業者を使うことになる。そして、そこには記録が残る。

一般市民がこうした痕跡《こんせき》を残してくれるのは、警察としてはありがたいことだと、竜崎は思う。

「飛び地とはいえ、神奈川県内のアパートということだから、おまえのほうに任せようか」

伊丹が竜崎にそう言った。

「わかった。どうせ手配師を当たるのだから、自宅アパートのほうも引き受けよう」

それを聞いた板橋がうなずき、再び携帯電話を取り出した。

部下と連絡を取り合っていた板橋が、竜崎のほうを見て言った。

「捜査員が会いに行ったところ、手配師が話があると言っているらしいのですが……」

竜崎は眉《まゆ》をひそめた。

「どういうことだ？　話があるのなら、捜査員に言えばいい」

「もっと上の人と話がしたいというような事を言っているようです」

竜崎は伊丹と顔を見合わせた。そして板橋課長に言った。

「捜査本部に来てくれれば、俺が話を聞くと伝えてくれ」

「了解しました」

電話で部下に指示を与える板橋を見ながら、手配師がいったい何の話だろうと、竜崎は考えていた。

11

神奈川県警の捜査員が、手配師の男を連れて捜査本部に到着したのは、午後四時頃のことだった。

手配師の名前は、山東喜一《さんとうきいち》。年齢は五十二歳だという。講堂内の捜査員席か管理官席で話を聞けばいいと思っていたが、どうやら彼は落ち着ける場所で話をしたいと言っているようだ。

捜査員からそれを聞いた板橋課長が、竜崎に言った。

「取調室にでも連れていきましょうか」

「善意で来てくれた参考人を取調室に案内するわけにもいかないだろう」

竜崎は、小会議室か何かを押さえるようにと指示した。約十分後に、部屋の用意ができたという知らせが来て、竜崎はそこに向かうことにした。

板橋課長がついてきたので言った。

「いっしょに来る必要はないだろう」

板橋課長はかぶりを振った。

「いえ、何があるかわからないので、同席させていただきます」

用意されていたのは、どこの警察署にもある小部屋だった。一応会議室ということになっており、長テーブルが置かれているが、その奥には段ボールが積まれ、物置のようなありさまだった。

山東喜一はすでに椅子《いす》に座っていた。竜崎が入って行くと、捜査員は起立したが、山東は座ったままだ。

その捜査員に記録係を任せ、テーブルを挟んで山東の向かい側に竜崎が座った。その右隣りが板橋課長だ。

竜崎は、山東を見て少々意外に思った。手配師と聞いて、ラフな恰好《かっこう》をしている人物を想像していた。

実際の山東は、スーツを着てネクタイをしている。すっきりと散髪されているし、鬚《ひげ》もちゃんと剃《そ》っている。その眼差《まなざ》しは穏やかで知的だ。

竜崎は名乗ってから言った。

「手配師の方だとうかがっていますが……」

山東はかすかな笑みを浮かべて言った。

「意外そうな顔をなさっていますね」

「正直に申し上げて、意外です。違った人物像をイメージしていましたから」

「私も仕事をするときには、こんな恰好はしていませんよ。偉い人と会えるというので、それなりの服装をしないとと思ったのです」

「上の者と話がしたいとおっしゃったそうですね。私でご満足でしょうか？」

「神奈川県警の刑事部長さんでしたね」

「そうです」

「申し分ありません」

「では、お話をうかがいましょう」

「ヤン・ユシュエンについて、情報を提供する用意があります」

「ヤン……？　それは、被害者の楊宇軒のことですか？」

「そうです。日本語があまり得意でない者は、母国の言葉で名前を呼ばないと、返事もしてくれません」

「少々疑問に思うのですが……」

「何が、ですか？」

「手配師というのは、とにかく労働者をかき集めて現場に送り込むのが仕事なのでしょう。労働者の名前をいちいち把握などしていないと思っていました。なのにあなたは、楊宇軒の名前を覚えておいでだ」

「そういうケースもあります。単純な肉体労働が必要な現場ならば頭数をそろえればいいわけです。しかし、そうでない現場もあります。ある種の技術が必要な場合は、それなりの人材を探すことになります。優秀な人材は追跡できるように名前と連絡先を押さえておきます」

「楊宇軒は、その優秀な人材だったということですか？」

「彼は旋盤工の経験者でしたし、ユンボの操縦もできました」

ユンボはもともと製品名だったが、一般的に油圧ショベルを指す言葉となっている。

「それも意外な話ですね。手配師というのは、頭数をそろえればいいだけだと考えておりました」

「あらゆるニーズに対応する労働力の斡旋《あっせん》業。私は自分のことをそう認識していま す」

冷静で思慮深い話し方だ。

竜崎は、先入観を持っていたことを反省していた。手配師と聞いただけで、反社会的な勢力に近い人物を想像していたのだ。

山東はそういう連中とはまったく違っていた。竜崎は彼に興味を抱きはじめていた。

竜崎は尋ねた。

「提供の用意があるというのは、どんな情報ですか？」

「その前に確認しておきたいことがあります」

「何でしょう」

「ヤン・ユシュエンの身分に関することで、私が罪に問われることがないと確約してほしいのです」

「なるほど……」

竜崎はすぐに事情を察した。「つまり、彼は不法入国だったというわけですね」

「その質問にこたえる前に、確約がいただきたい」

「つまり、取引をしたいということですか？」

「司法取引は、検察との間でしか成立しないということは充分承知しております。ですが、刑事部長ほどのお立場なら、それくらいの裁量権はおありでしょう」

「上の者に会いたいとおっしゃった理由がわかりました」

板橋課長の落ち着かない視線を、竜崎は感じた。彼は、竜崎がどうするのか心配しているのだろう。

竜崎は板橋課長のほうを見ずにこたえた。

「わかりました。有力な情報が得られたら、あなたの罪は問わないことにします」

「そういう条件をつけられては困ります。私が求めているのは、ヤン・ユシュエンについて私が話したことで、罪に問われることはないという確約です」

「いいでしょう。ただし……」うなずきかけた山東に、竜崎は言った。「あなたの罪が殺人等の重大なものであった場合は目をつぶることはできません」

山東は肩をすくめた。

「私がヤン・ユシュエンを殺したというのですか？ だったら、のこのここにやってきたりはしません。警察が殺人犯を見逃すはずがないこともわかっています」

「では、お話をうかがいましょう」

「ご指摘のとおり、ヤン・ユシュエンは不法入国した疑いがあると、私は思っていました」

「それを承知の上で、仕事を斡旋したということですね？」

「そうです。ですから、それについての罪に問われたくないということなのです。私の仕事に深く関わることですから……」

「どうして楊宇軒が不法入国だと思われたのですか？」

「彼のパスポートは偽造だと思いました」

「偽造……？」

「ええ。巧妙に作られた物ですが、私もそういうものに慣れていますから……」

「しかし、根拠はないんですね？」

「根拠はありませんが、私の眼は確かですよ」

「パスポートが偽造だとしたら、楊宇軒というのも本名ではない恐れがありますね」

「おそらく偽名だと思います。ユシュエンというのは、最近、中国でポピュラーな名前のようですから」

竜崎は板橋課長の顔を見た。彼は険しい表情だった。

山東の話が続いた。

「彼は来日した当初、縁者の中国人を頼ったということでしたが、それがうまくいかなかったと言っていました」

「縁者の中国人？」

「いろいろ話を聞いたところ、どうやらその縁者というのは、横浜中華街にいる華僑《かきょう》のようです」

やはり横浜中華街につながったかと、竜崎は思った。地理的にその可能性は高いと考えていた。

「あなたは、楊宇軒から直接話を聞かれたのですね？」

「日本語が堪能《たんのう》な中国人に通訳してもらいましたが、まあほぼ直接話を聞いたのと変わらないでしょう」

「うまくいかなかったというのは、どういうことでしょう」

「どうやら拒絶されたようですね。華僑が同胞を拒絶するのは珍しいことですから、何か事情があるのでしょうね」

「その事情については、何かご存じですか？」

「いいえ。知りません。ただし、想像はつきますがね……」

「どんな想像です？」

山東は小さくかぶりを振った。

「不法入国の中国人というだけで、だいたい想像はつくはずです。しかし、これはあくまで私の想像ですから……」

竜崎はうなずいた。

「被害者が殺害された理由について、何かご存じではないですか？」

「知りません」

「誰かから怨《うら》みを買っていたような様子は？」

「私が知る限りでは、ありません」

「他に何か……？」

「私が提供できる情報はここまでです」

「わかりました。ちょっと、別の質問をしていいですか？」

「別の質問？」

「あなたはいつごろから手配師をされているのですか？」

「その質問の意図は何です？」

「興味があるだけです」

山東はしばらく間を置いてからこたえた。

「そうですね……。仕事を始めて十五年ほどになりますか……」

「その前は？」

「そんなことにも興味がおありですか」

「ええ。あります。あなたの話し方やたたずまいが、私たちの比較的身近な周囲にいる人たちと似通っているような気がするのです」

「比較的身近な周囲にいる人たち……」

「そうとしか言いようがありません。我々と近しい関係にあるわけではないのですが、関わることが少なくない」

「どういう人たちでしょう？」

「例えば、弁護士とか……」

山東はまた笑みを浮かべた。

明
「鋭いですね。正解です。私はかつて弁護士でした」

「弁護士から手配師へ……？　それもまた意外な話です」

「人生いろいろですよ」

清
「何があったのですか？」

「若気の至りと言いますか……。当時私は三十七歳でした。どうしても助けたい依頼人がいましてね……。ちょっとやり過ぎました。証拠を捏造《ねつぞう》したと言われ、二年間の業務停止を食らいました」

「登録抹消ではなかったのですね？」

「ええ。ご存じかと思いますが、弁護士が不祥事を起こした場合、処分には四段階あります。戒告、業務停止、退会命令、そして除名の四段階です。除名というのが、一般的に言われる登録抹消、言い換えると資格剝奪《はくだつ》です」

「二番目に軽い業務停止なら、辞める必要はなかったのではないですか？」

「働くところがありませんでした。当時私はいわゆるイソ弁です。自分で事務所を開く財力も実力も顧客もなかった……。業務停止を食らったイソ弁を雇う法律事務所などありません」

イソ弁とは居候《いそうろう》の弁護士、つまり、法律事務所の雇われ弁護士だ。若い頃はみなイソ弁を経験する。

「それで……」

「もちろん、弁護士として返り咲く方法がないわけではありませんでした。しかし、そのとき私は考えたのです。世の中で私が本当に救いたいのは、どういう人々なのだろう、と……」

「仕事をしたくても仕事がない人たちだったということですか？」

「大げさに言うと、国の成り立ちはそこからなのではないかと思います。働けるのに仕事がない、働きたくても雇ってもらえない……。それは実に愚かしい状況です。もし、給料が潤沢にもらえれば税金だって払えます。仕事に就けなければ税金も払えない。貧困はやがて犯罪を生みます。そうなれば、どんどん国力は衰え、国は乱れます」

「決して大げさな話ではないと思います。そういう理屈がちゃんとわかっている方が、法曹界で発言力を持つべきだと思います」

「いや、私は今の立場で満足しています。仕事を求める人に仕事を斡旋する。たいへんシンプルです。今さら、面倒な法曹界に戻るつもりはありませんし……」

「本当に証拠を捏造されたのですか？」

「依頼人に都合のいい証拠を強調し、都合の悪い証拠を取り上げなかっただけです。検察なら普通にやっていることです。しかし、弁護士がそれをやると問題になる。権力側と反権力側の違いです。それで嫌気が差しました」

「権力側とか、そういうことではないと思います」

「警察はどう考えても検察の側、つまり権力側ですから、そう思われるのでしょう」

「それについては、よく考えてみることにします」

そうだろうか。

山東は驚いた顔で竜崎を見た。

竜崎は尋ねた。

「どうしました？　私が何か変なことを言いましたか？」

「社交辞令ではなく、本当に考えてみるというふうに聞こえたので……」

「私は、言ったことは本当にやりますよ」

山東がしげしげと竜崎を見たので、少しばかり気まずい思いをした。竜崎は言った。

「最後に、もう一度質問させてください」

「何でしょう」

「楊宇軒が、中華街の華僑に拒絶された理由は何だとお考えですか？」

山東はしばらく黙っていたが、やがて言った。

「密入国の手引きを商売にしている連中がいます。ヤン・ユシュエンにはそういうやつらとの関わりがあったのではないかと思います」

「蛇頭《じゃとう》ですか」

「繰り返しますが、私の想像でしかありません」

「わかりました。ご足労いただき、ありがとうございました」

山東と付き添いの捜査員を送り出すと、竜崎は板橋に言った。

「彼の言ったことを、どう思う？」

「信憑性《しんぴょうせい》はあると思います」

「俺もそう思う。彼は嘘《うそ》は言っていないし、妙な隠し事をしている様子もない」

「向こうから話をしたいと言ってきたわけですからね……。しかし、変わった手配師でしたね」

「そうだな……。たしかに想像していた人物とは違った」

「元弁護士なら、もっとまともな仕事がいくらでもあるでしょうに……」

「彼は自分がやっていることがまともだと信じているようだ。法や制度がどうあれ、な……」

「はあ……」

「山東が言ったことの裏を取ってくれ」

「わかりました。しかし……」

「何だ？」

「中華街はやっかいです」

「治外法権じゃないんだ。捜査はできるはずだ」

「それはそうなのですが、華僑の結束は固いですからね。時にはその結束が法律を超えることもあります」

「何とか方策を考えよう」

「はい」

捜査本部に戻ると、伊丹が竜崎に言った。

「手配師から何か聞き出せたか？」

田端課長も話を聞こうと、竜崎のほうを見ている。竜崎は伊丹に言った。

「管理官にも話を聞いてもらいたい」

それを聞いた田端課長が岩井管理官を呼んだ。岩井管理官が幹部席の前にやってくると、竜崎は山東から聞いた内容を伝えた。

伊丹がふんと鼻で笑って言った。

「蛇頭だって？　そいつはガセだろう」

竜崎は尋ねた。

「なぜだ？」

「蛇頭が中国人を日本に密入国させていたのは、二〇〇〇年代の初頭までだ。二〇〇四年以降は、蛇頭絡《がら》みの集団密航などはほとんどなくなった」

「たしかに、二〇〇一年十月の千葉県片貝漁港《かたかいぎょこう》沖の大量検挙以来、蛇頭は影をひそめた。だからといって、蛇頭の犯罪がまったくなくなったと考えるのは早計だろう」

「竜崎部長が言われるとおりです」

板橋課長が言った。「集団密航はなくなりましたが、蛇頭による不法入国がまったくなったわけではありません。摘発されない形で巧妙に密入国が行われていると見る向きもあります」

伊丹が板橋課長に言った。

「だがすでに、中国人にとって日本はそれほど魅力的な国ではないだろう。蛇頭の拠点はベトナムなどの東南アジアに移ったと聞いているぞ」

伊丹が板橋課長を無視することはなくなったようだ。伊丹はもともと悪いやつではないし、ばかでもない。言えばわかる相手なのだと、竜崎は思った。

板橋が伊丹の言葉にこたえた。

「蛇頭が成熟し、仕事が多角化したのだと思います。カンボジアで活動する蛇頭グループの中に日本人がいることも確認されていますし……」

さらに伊丹が言う。

「今では、ベトナム、ミャンマー、カンボジアといった国から労働力として、逆に中国に密入国させるようになったというじゃないか。すでに日本など蛇頭の眼中にないんじゃないのか？」

なんだかそれも淋《さび》しい話だなと、竜崎は思った。中国のほうが日本より経済的に勢いがあるということだ。

板橋課長が言った。

「密入国の目的は出かせぎだけではありません。政治的な事情もあるでしょう。中国ではいまだに言論弾圧が続いています。人々の自由は制限されています。弾圧を逃れて日本に逃げてくる人もいるのです」

伊丹が苦笑を浮かべる。

「言論の自由を求めて、この日本にやってくるとは皮肉な話だな」

竜崎は言った。

「日本はれっきとした民主国家だよ」

「本気で言ってるのか」

「もちろん本気だ。少なくとも、そういう制度になっている。それが北朝鮮なんかとは違うところだ。中国ともロシアとも違う」

「おまえのようにたてまえを信じられれば幸せだよな」

伊丹がそう言うと立ち上がった。「俺は、警視庁本部に戻る。おまえはどうする？」

竜崎はこたえた。

「俺はもう少しここにいることにする」

「じゃあ、後は頼んだ」

伊丹が出入り口に向かうと、捜査員たちが起立する。
後は頼んだ、か……。相変わらず、調子のいいやつだ。
竜崎は伊丹の後ろ姿を見て、そんなことを思っていた。

12

伊丹がいなくなると、田端課長が竜崎に言った。

「手配師の話の内容ですが……」

田端課長とは、大森署署長時代に何度か会っている。捜査本部でいっしょに仕事をしたこともあった。

このタイミングで話しかけて来たのは、伊丹に遠慮していたからだろうか。そういう気づかいは捜査の邪魔になるのだが、警察もお役所なのでどうしてもなくならない。

「山東の話がどうかしたか？」

「どこまで信憑性があるでしょう」

「板橋課長はあると言った。俺もそう思っている」

「蛇頭絡みだということですか？」

「その可能性は高い。それなら、中華街の華僑たちが嫌がる理由もわかる」

「たしかに密入国となると、蛇頭の関与を否定はできませんが……」

「蛇頭は関係ないと考えているのか？」

「いえ、他にも可能性があるのではないかと思いまして……」

「どんな可能性が？」

「それはわかりませんが……。蛇頭絡みだとして、殺害された理由は何なのでしょう」

「何かトラブルがあったのだろう」

「蛇頭は、密入国させるまでが仕事です。当然料金は前払いです。ですから、入国してしまってからのトラブルというのは考えにくいような気がするのですが……」

竜崎は田端課長の言葉を心の中で検討してみた。

「言っていることはわかる。一理あるな」

板橋課長が言った。

「入国後のトラブルもあり得ないことではありません。蛇頭を欺《あざむ》いたり裏切ったりしたら、入国後であろうが、必ず落とし前をつけさせられることになります」

竜崎はうなずいた。

「それにも一理ある」

板橋課長がさらに言う。

「今、うちの者が山東の言葉の裏を取ろうとしています。じきに何かわかると思います」

それを聞いて、田端課長もうなずいた。

竜崎は時計を見た。午後五時半だった。伊丹が引きあげたのは午後五時だった。官庁の終業時間だ。

俺もそろそろ引きあげようか。竜崎はそう思った。いつまでも県警本部を留守にしているわけにもいかない。

部長決裁の書類が溜《た》まっているはずだ。一度、刑総課長に連絡を入れておくことにした。

「あ、竜崎部長」

池辺刑総課長が電話の向こうで言った。「捜査本部のほうはいかがでしょう」

「火急の用はないので、そちらに戻ろうと思う」

「あ、お待ちください。阿久津参事官におつなぎします」

「阿久津？　なぜだ？」

「部長から連絡があったら知らせるようにと言われておりますので……」

「わかった」

しばらく待たされた。阿久津の声が聞こえてきた。

「捜査本部はいかがです？」

「被害者の身元がわかったが、もしかしたら偽名かもしれない」

「偽名……？」

「詳しいことは、県警本部に戻ってから話す」

「執務時間はすでに終了していますから、直接帰宅されたほうがいいかと思いますが……」

「眼を通さなければならない書類が山積みのはずだ」

「よろしければ、私が処理しておきますが……」

竜崎は驚いた。大森署署長時代、あまりの決裁書類の多さに、副署長に判を押させようとしたことがあった。どうせ、形式的な書類がほとんどなのだ。

だが、補佐役の者からそう言われると、逆に任せるわけにはいかないと思ってしまう。

「いや、やはりいったん戻る」

「わかりました」

電話を切ると、竜崎は板橋課長に言った。

「じゃあ、私は県警本部に戻る」

「了解しました」

竜崎が席を立とうとすると、田端課長が言った。

「犯行の動機は奥が深そうですね。念のため、外二《ソトニ》に声をかけておこうと思いますが……」

中国担当は公安部外事二課だ。そこから情報を得ようというのだろう。

「公安なら豊富に情報を持っている。協力体制を作ってくれ」

「やってみます」

公安は一筋縄ではいかない。こちらからの情報だけを吸い上げ、自分たちのほうからは情報提供をしない、などという例がざらにある。

警察すべてが国のため国民のために働いていることは疑いのない事実だ。だが、それが当たり前すぎて、つい忘れてしまいがちだ。

根幹を忘れると、枝葉にこだわるようになる。つまり、セクショナリズムや極端な秘密主義だ。いずれも自分が属しているコミュニティーを守ろうとする低次元の欲求から来ているのだと、竜崎は思っている。

自分自身や家族を守ろうとするのは当然のことだ。だが、そのために近隣の住民と対立することがあるとしたら、それは無駄な軋轢《あつれき》と言えるだろう。

もっと視野を広げて、自分が町内の一員であることに気づけばいいのだ。

さらに、町と町が争うような場合は、自分たちは同じ区民や市民であることに気づけばいい。

県と県が対立するなら、自分たちは同じ日本国民だということを意識すべきなのだ。

同じことが職場でも起きる。警視庁内でも、刑事部と公安部が対立することがある。

全国の公安は事実上警察庁の警備企画課が統括しているので、地方警察の刑事部と並べて考えるのは難しいし、彼らはそれなりのプライドを持っている。だが、同じ日本の警察なのだ。争う理由はない。

とはいえ、視野を広げることは簡単ではない。

田端課長の言葉が、歯切れが悪いのは、彼もその難しさをよく知っているからだ。

「やってみます」と言うのだから、やってもらうしかない。いずれにしろ、警視庁の問題だ。全国の警察で公安部があるのは、警視庁だけなのだ。

他の地方警察本部では、警備部の中に公安関係の課があるが、警視庁に比べると規模が雲泥《うんでい》の差だ。

中国か……。伊丹が言うとおり、やっかいなことにならなければいいが……。

竜崎はそう思いながら、捜査本部をあとにした。

決裁用の書類のファイルが、机の上ではなく、来客用のテーブルの上に並べられている。これは署長時代と同じだった。量が多すぎて、とても執務机の上に乗りきらないのだ。

竜崎はさっそく判押しを始めた。ほどなく、阿久津参事官がやってきた。こいつだけはいつも、アポなしでやってくるな……。そんなことを思いながら、竜崎は言った。

「留守中、何かあったか？」

「ご報告するようなことは、特に……。被害者の身元がわかったということですね」

「名前は楊宇軒。年齢は三十六歳だ」

「偽名かもしれないというのは……？」

竜崎は、山東の証言について詳しく伝えた。その間も、判押しを続けている。大森署長時代から変わらない習慣だ。

阿久津はそれについて気にした様子はなかった。彼は言った。

「元弁護士の手配師ですか。何だか、怪しげなやつに聞こえますが……」

「会った感じはそうではなかった。理知的で芯《しん》が通ったタイプだ」

「芯が通った、ですか……。その手配師は、蛇頭絡みだと言明したわけではないのですね？」

「あくまでも彼の想像だと言っていた。だが、その可能性は大きいのではないかと、俺は考えている」

「俺とおっしゃいましたね」

「何だって？」

「これまでは、私と自称されていたと思います」

「そうだったか。そんなことを考えたことはなかったな。公式な席では私と言う。親しくない相手にも私と言うことが多いだろう」

「では、私には気を許してくださったと考えさせていただいてよろしいのですね」

まどろっこしい言い方だ。最近は、特に謙譲語を多用し過ぎる気がする。「……させていただく」という言葉が耳につくのだ。

もしかしたら、芸能人がテレビなどでそれを多用するからかもしれない。いずれにしろ、慇懃無礼《いんぎんぶれい》に感じる。

芸能界はしきたりが多く、自然とそういう話し方が身につくのかもしれないが、一般視聴者を対象とする番組の中でまでそんな言葉遣いをする必要はないと、竜崎は思う。

「この場に慣れてきたということだと思う。いずれにしろ、自称に深い意味などない。気分次第で私と言ったり俺と言ったり僕と言ったり自分と言ったりするだろう」

阿久津は表情を変えない。

「わかりました。書類が溜まっているようなので、これで失礼します」

竜崎は、ふと思いついて尋ねた。

「君は、滝口達夫という人物を知っているか？」

「存じております。県警ＯＢで、今はドライビングスクール京浜という教習所の所長をやっているはずです」

「面識はあるか？」

「いえ、私が赴任してきたときには、すでに退官されていましたから……。ただ、噂《うわさ》は聞いております」

「どんな噂だ？」

「部下の面倒見がよかったと……。それから、観光案内やグルメガイドができるほど、横浜市内の事情に詳しかったとか……。裏事情にも通じていたようですね」

「裏事情か……」

「交通畑の人らしいですが、刑事課も頼りにしていたと聞いています」

その話は板橋からも聞いた。竜崎はうなずいた。

「わかった」

阿久津は礼をしてから部長室を出ていった。


県警本部に戻ったのは六時半頃だったが、結局判押しが九時過ぎまでかかり、自宅に戻ったのは、午後九時半を回っていた。

何時になろうが、自宅に帰れるだけありがたい。捜査本部では捜査員たちが文字通り不眠不休で捜査に当たっている。

帰宅すると、冴子が尋ねた。

「食事は?」

「まだだ」

冴子は夕食を温め直しはじめた。竜崎は着替えを済ませ、冷蔵庫から三五〇ミリリットルの缶ビールを出し、飲みはじめる。

飲んでいるうちに、料理が出て来て、飲み終わる頃にご飯と味噌汁《みそしる》が出てくる。いつものペースだが、ふと竜崎は冴子の態度が気になった。

「なんだ? 何か気になることでもあるのか?」

「何でもない」

「そうか」

冴子は溜め息を一つついてから言った。

「それで納得しちゃうわけ？　普通、もっと突っこんでくるわよね」

「何でもないと言っただろう」

「言ったけど、そういう場合はたいてい何でもなくはない。あなた、被疑者を尋問して、やっていないと言ったら、それで納得しちゃうの？」

「それとこれとは別だろう」

「そうかしら」

「それで、何があったんだ？」

冴子はまた溜め息をついた。

「今日の午後また、教習所に行ったんだけど、結局車に乗れなかったのよ」

「南署から戻ったあとに、教習所に行ったということか」

「そう。問題が解決したのならさっそく教習を受けようと思って……」

「教習所で車に乗れないとは、どういうことだ？」

「予約が一杯で教習車に空きがないと言われて……」

「そんなに混んでいるのか？」

「最近は運転免許を取る人も減って、教習所がそんなに混雑しているとは思えない」

「滝口の嫌がらせというわけか？」

「そういうことね。でも、平気よ。この程度の嫌がらせに負けたりはしない」

「費用は払ったんだろう？」

「ええ。払ってあるわ」

「それなのに教習をしないというのは、契約不履行だ。場合によっては詐欺《さぎ》にもなり得る」

「滝口所長のことだから、きっと抜け道を用意していると思う。こっちも別に急いでいるわけではないので、嫌がらせに付き合ってやるつもりよ。こうなれば、根比《こんくら》べだわ」

「いや、それはあまりに非生産的だな」

竜崎は考えた。「明日俺が話をしに行こう」

「そういうのはだめだって言ってるでしょう」

「文句を言いに行くわけじゃない」

「じゃあ何なの？」

「俺に考えがあるんだ。任せてくれないか」

「刑事部長の権威を振りかざすわけじゃないのね」

「警察内の立場が、一般社会で通用するわけないだろう」

「一般の企業で偉い人が、一般社会で偉いわけじゃない。でも、警察ってちょっと別格よ。警察の偉い人って、一般の人も一目置くのよ」

「そうだろうか……。まあ、そんなことはどうでもいい。とにかく俺は、滝口と話をしに行くだけだ」

「まあ、任せろと言うのならそうするけど……」

竜崎はうなずいた。

「それでいい」

翌日の十一月六日金曜日、竜崎はまず町田署の捜査本部に顔を出した。今日はまだ伊丹の姿がない。町田署署長も来ておらず、幹部席には田端課長と板橋課長の二人がいた。

幹部席に着くと、竜崎は田端課長に尋ねた。

「伊丹部長は？」

「どうしても外せない会議があるということです」

捜査より会議が優先と言うと、とんでもないことのように聞こえるかもしれないが、警察幹部にとっては珍しいことではない。幹部が実際に捜査活動をしているわけではないからだ。

警察幹部も官僚だ。官僚には外せない会議というものがあるのも事実だ。

「それで、その後何か……？」

それにこたえたのは板橋課長だった。

「自宅アパートは、手がかりなし。捜査員が中華街に事情を聞きに行きましたが、やはり華僑の壁に阻《はば》まれましたね」

「非協力的だということか？」

「表面的には実に協力的に見えます。笑顔で『何でも訊《き》いてくれ』というようなことを言います。ですが、一歩踏み込もうとすると、だんまりです」

「打開策は？」

「人脈が頼りですが、今の県警には中華街に人脈がある者も少なくなりまして……。異動がそれほど多くなかった時代には、地域とじっくり関係を築く捜査員も少なくありませんでした。しかし、今ではせっかく親しくなっても、あっという間に他の地域に飛ばされたりしますから……」

「何事にもメリットとデメリットがある。長く同じ地域に留《とど》まっていると、やがて癒《ゆ》着《ちゃく》が生じる。それは贈収賄《ぞうしゅうわい》などの非違《ひい》事案につながるんだ」

「ええ、それはわかっています」

非違事案というのは、一般で言う不祥事のことだ。

竜崎は田端課長に尋ねた。

「小一時間、席を外したいがいいかね？」

「ええ、もちろん……」

田端課長は驚いた顔で言った。部長は勝手気ままに臨席したり席を立ったりする。それが当たり前だと思っていたのだろう。

「では……」

竜崎は立ち上がり、捜査本部を出た。公用車で、横浜市南区にあるドライビングスクール京浜に向かう。

到着するとまず、竜崎は外にある門を見に行った。教習コースに車が出入りする場所だ。そこの鉄柵《てっさく》がひしゃげている。冴子が車をぶつけた跡だ。

それから受付に行き、「滝口所長に会いたい」と申し入れた。

「お約束ですか？」

「いえ、約束はありません」

竜崎はそう言って警察手帳を提示した。すると、受付の女性は笑みを浮かべた。滝口所長が元警察官であることを知っているのだ。かつての同僚が会いに来たと勘違いしたのだろう。おかげですぐに通してもらえた。

所長室を訪ねると、滝口は言った。

「おや、わざわざお越しとは、どういうご用件でしょう」

不敵な笑みを浮かべている。冴子に配車しなかったことについて、文句を言いに来たと思っているに違いない。

竜崎は言った。

「ちょっとご相談があって参りました」

「相談……？」

滝口は怪訝《けげん》そうな表情に変わった。

13

「柵やクルマの修理については、もう話がつきましたよね」

滝口の言葉に、竜崎は言った。

「その結果について、どうやらあなたはまだ納得されていないようですが、話はそのことではありません」

「そのことではない……？　では何の話でいらっしゃったのです？」

「神奈川県警ＯＢであるあなたのお力をお借りしたいのです」

「力を借りたい……？」

滝口はますます怪訝そうな表情になる。彼は警戒しているのだ。油断させておいて、さらに追及する。それは警察官がよく使う手だ。

彼自身もかつてそういうことをやってきたのだろう。だから、他人のことが信じられないのだ。

多くの警察官は、他人を信じないことが賢いことだと思い込んでいる。いや、警察官だけではない。一般人でもそういう傾向は見られる。

たしかにたやすく人に騙《だま》されるのは愚かだ。しかし、信じるべき人に対しても猜疑《さいぎ》心《しん》を抱くのはもっと愚かだと、竜崎は思っている。

猜疑心が強すぎる警察官は、重要な情報を逃してしまう。疑い深いということはつまり、臆病《おくびょう》だということだ。

竜崎は言った。

「そうです。現在私は、警視庁町田署に設置された捜査本部におりますが、その事案の捜査に当たってあなたのお力が必要だと、私は考えているのです」

滝口は相変わらず疑いの眼差《まなざ》しを竜崎に向けている。

「どんな事案です？　いや、待ってください、町田署の捜査本部と言いましたね。たしか、殺人事件がありましたね……」

さすがに元警察官だ。事件には敏感なのだ。すでに、事件の第一報は流れているから、新聞かテレビで知ったのだろう。

竜崎はこたえた。

「協力の確約をいただかない限り、事件についてはお話しできません。そういうことはご存じのはずです」

「協力って、どんな協力なんですか？」

「それも、確約をいただいた後にお話しすることにします」

滝口はかぶりを振った。

「いったい、何をやらせるつもりです？　どうせろくなことじゃないでしょう」

「ろくなことじゃないかどうかは、やってみなければわかりません」

「そんな話に乗れと……？」

「はい。協力していただけると、助かります」

「町田署ですよね」

「そうです」

「警視庁の警察署にできた捜査本部に、どうして神奈川県警の部長が詰めているんです？」

「そういう事情も本来はお話しできないのですが……」

そう前置きして竜崎は言った。「町田署管内には、東京都と神奈川県の境界線が複雑に入り組んでいる地域があることは、あなたもご存じのことと思います」

「詳しく新聞の記事を読んでいないんだが、あの殺人事件はそういう地域で起きたということなんですね？」

「ですから、現時点では私の口からは、そういうことはお話しできないんです」

滝口はしばらく考えている様子だった。竜崎の言うことは今一つ信用できない。そう思っているに違いない。

冴子に嫌がらせをしているという後ろめたさもあるので、なおさらに竜崎のことが信用できないのだ。

だが、その一方で、事件のことに興味を持ちはじめているのも明らかだ。おそらく彼は、そこそこ優秀な警察官だったのだろうと、竜崎は思った。

滝口が何か言うのを待つことにした。あまり、せっついても意味がない。相手に判断させることが大切なのだ。

やがて滝口が言った。

「そうですね……。他でもない、神奈川県警の部長さんの頼みとあれば、引き受けないわけにもいかないでしょうね」

にんまりしたいところだが、それは顔に出さずに、竜崎は言った。

「助かります」

滝口は立ち上がって言った。

「どうぞ、こちらへ」

竜崎を、部屋の中央にある応接セットに案内した。対応が変わった。それまで竜崎は立ちっぱなしだったのだ。

竜崎が腰を下ろすと、滝口がテーブルを挟み、向かい側に座った。

滝口が尋ねた。

「それで、私は何をやればいいんです？」

「横浜市内のことに詳しいそうですね」

「そりゃあ、長年神奈川県警にいましたからね」

「裏事情にも通じておられるとか……」

「まあ、そういうことも多少は……」

「中華街の顔役に知り合いはいますか？」

「華僑《かきょう》ですか……」

「そうです」

滝口が眉《まゆ》をひそめた。

「事件が華僑がらみということですか？」

竜崎はかぶりを振った。

「はっきりしたことはまだわかっていません。この先は捜査情報になりますので、他言は無用にお願いします」

「心得てますよ。すでに私は捜査本部の一員だという自覚を持っていますから」

厳密に言うと、滝口はもう警察官ではないので、捜査情報を洩《も》らすと処分の対象になるかもしれない。だが、最近は交番相談員や研修の講師として、警察ＯＢを再雇用する例も増えてきている。

だから滝口に協力を求めることに問題はないと、竜崎は判断していた。

「被害者が中国人と見られています。そして、ある筋の情報によると、どうやら被害者は中華街の縁者を頼って訪ねていったにもかかわらず、拒絶されたようだということなのです」

「縁者に拒絶された。それはあまり考えられないことですね……」

「被害者の持っていたパスポートが偽物《にせもの》だったという情報もあります。まだ確認がとれていませんが、被害者は密入国者だった可能性があります」

「捜査員が中華街に話を聞きにいったんでしょう？」

「行きましたが、あまりうまくいきませんでした」

滝口は顔をしかめた。

「最近の捜査員はなってませんね」

「ですから、あなたのお力をお借りしたいというわけです」

「わかりました。知り合い何人かに当たってみましょう」

「現職の頃からずいぶんと経《た》っていますが、まだ人脈があるのですね？」

「あると思ったから、私に会いにこられたのでしょう？」

「ええ、確認しただけです」

「ただ、最近は中華街の中もけっこうたいへんらしくて……」

「たいへん？」

「昔とはずいぶんと様変わりしているということです。昔から中華街に住む老華僑たちはしきりに嘆いていますよ」

「どういうふうに様変わりしたんですか？」

「部長は、中華街に行かれたことは……？」

「あまり馴染《なじ》みはないですね」

「昔は、大きな高級店が並んでいたものです。それが横浜中華街の特徴であり自慢でもありました。高級な大型店が独特の雰囲気を作っていたんです。味にもこだわりがありました。そういう大型店は、昔から中華街に住んでいる華僑が経営していました」

竜崎はうなずいた。

「中華街というと、なんとなくそういうイメージがありますね」

「今はそうじゃないんです。そういう高級大型店はどんどん潰《つぶ》れています。代わってできたのが格安店です。それを経営しているのは、新華僑と呼ばれる連中です」

「新華僑……？」

「新たに中国からやってきて横浜に住みついた者を指す言葉です。新華僑には三つのグループがあると言われていて、多くは残留孤児の関係者だということになっていますが、なぜか東北地方の出身じゃなくて、ほとんどが福建省《ふっけん》出身なんです」

この場合の「東北地方」は中国の黒竜江省などの地域のことだ。

「それはどういうことなんです？」

「私は捜査員じゃないんで、憶測や未確認情報も平気で言いますがね……」

「かまいません」

「福建省と言えば、蛇頭の拠点がいくつもあります」

「なるほど……。蛇頭について指摘したのはあなただけではありません」

滝口はうなずいてから、ふと表情を曇らせた。

「しかし、ちょっと腑《ふ》に落ちませんね……」

「何がです？」

「福富町をご存じですか？」

「不勉強で申し訳ないが、よく知りません」

「横浜で一番物騒な町と言われています。蛇頭などによって不法入国した中国人は、横浜ならまず福富町に来ると言われています。警察も入管もそれは心得ていますから、時にウチコミをかけます。すると、彼らは中華街に逃げ込むのです」

「地理的に近いのですか？」

「ええ。そして、中華街に逃げ込んだ中国人の足取りは途絶えるのです」

「仲間が匿《かくま》うのですね？」

「そう。ですから、その殺人の被害者が縁者に拒否されたというのが、ちょっと解《げ》せません」

「なるほど……」

滝口がすっかり警察官の顔になっていると思いながら、竜崎は言った。「ならば、ますます話を聞いてみたいですね」

「わかりました。ただし……」

「何です？」

「相手が華僑の顔役となれば、こっちも下《した》っ端《ぱ》の捜査員というわけにはいきません」

「私が話をしましょう」

滝口がうなずいた。

「それでしたら、申し分ありませんね」

「では、お願いします」

竜崎はそう言うと立ち上がった。

滝口も立ち上がり、言った。

「あの……」

「何でしょう？」

しばらく逡巡《しゅんじゅん》している様子だったが、やがて言った。

「あ、いえ。何でもありません。段取りができたら連絡させていただきます」

滝口が何を言おうとしたのか、想像はついた。冴子に配車しなかったことについてだろう。

おそらくもう嫌がらせをする気はないだろう。ならば、今さら何も聞く必要はない。

「では、失礼します」

竜崎は所長室をあとにした。

午前十一時頃、竜崎は捜査本部に戻った。

まだ伊丹の姿はない。

竜崎は、板橋課長に言った。

「中華街の件だが、滝口さんに話を聞ける人を紹介してもらうことにした」

板橋課長は驚いた顔になった。

「滝口さんに……？　あの……、部長は彼と何か揉《も》め事を抱えておいでだったのでは……」

「人材は活用しないとな」

「おっしゃるとおりです」

板橋課長は戸惑った表情のまま言った。「滝口さんなら、もってこいの人材だと思います」

田端課長が竜崎に言った。

「その滝口さんというのは、昨日話題にされていた県警ＯＢの方ですか？」

「ああ。今は自動車教習所の所長だ」

「外部の者に捜査情報を洩らすことになるかもしれませんね」

「まあ、厳密に言うとそういうことになるが、問題ないと判断した。何かあったら、私が責任を取る」

「いえ、余計なことを申しました。私も問題はないと思います。捜査協力者としてはもってこいでしょう」

伊丹はいつ来るのだろう。竜崎は思った。このまま夜の捜査会議まで来ないつもりかもしれない。そんなことを思いながら竜崎は田端課長に尋ねた。

「伊丹から何か連絡は？」

「いえ、何も聞いておりません」

署長の姿もない。ならば、俺が捜査本部を仕切るしかないのか……。竜崎はそう思い、気になっていたことを質問した。

「外事二課のほうは何か言ってきたか？」

「今日の午後、誰かやってくるということですが……」

「協力体制は作れそうか？」

「やらなきゃならないでしょう」

「できるだけ情報を引き出してくれ」

「心得てます」

百戦錬磨の田端課長には、「釈迦《しゃか》に説法」だったかもしれない。

その他のことについては、いちいち指示を出す必要はないと、竜崎は思った。大森署署長時代に学んだことだが、「所要の措置を取れ」と言うだけで、現場は動くのだ。黙っていても、情報は上がってくる。幹部はそれを待っていればいいのだ。

所轄《しょかつ》の係員が、仕出し弁当を持って来た。もう昼時なのかと思った。やはり事件が起きると時間が経つのが早い気がする。

昼食を取るのもままならない捜査員がたくさんいるのだろうと竜崎は思いながら弁当を食べはじめた。

何もそういう捜査員に気兼ねする必要はない。食事がとれる者はしっかりとればいい。食事と睡眠を要領よくとるのも仕事のうちだ。

警察官は早飯が多い。警察学校でそういう習慣がつく者が多いのだという。周囲がそうなので、いつしか竜崎も早飯の習慣が身についた。

弁当を平らげるのに十分もかからない。係員がいれてくれたお茶をすすっていると、隣で竜崎同様に弁当を食べていた板橋課長の携帯電話が振動した。

電話に出た後に、板橋課長は竜崎に言った。

「被害者の本名がわかったようです」

「やはり偽名だったか」

「捜査員が参考人を連れて戻ってくるということです」

「参考人？」

「手配師の山東と関わりのある中国人を当たっていたようです。被害者と交流があった人物を見つけたようです」

「その人物は日本語がしゃべれるのか？」

「そうらしいですね。でないと、うちの捜査員が話を聞き出せるはずがないですから……」

「なるほど……」

「あと、二十分ほどでこちらに着くそうです」

「わかった。詳しいことがわかったら教えてくれ」

竜崎たちの話を聞いていた田端課長が言った。

「なぜ偽名を使う必要があったんでしょう」

竜崎は不意をつかれたような気がした。

「何だって……？」

「密入国するのに、偽名を使う必要はないでしょう。偽名であれ本名であれ、不法入国がばれて捕まったら強制送還です」

それにこたえたのは板橋課長だった。

「たしかに、不法入国してから本名で暮らしている連中も多い。つまり、被害者は何か後ろ暗いことがあったんじゃないでしょうか」

竜崎は板橋課長に尋ねた。

「犯罪に加担しているとか……」

「その可能性はありますね」

田端課長が言う。

「じゃあ、事件は犯罪組織の内紛ということもあり得ますね」

「そのあたりのことも、外事二課が何か知っているかもしれない」

竜崎が言うと、田端課長はうなずいた。

「わかりました。その点も訊いてみましょう」

「外事二課が来るのは、何時だ？」

「一時の予定です」

「わかった」

十二時四十分頃、参考人の身柄が到着したという知らせがあった。取調室で話を聞くらしい。

竜崎は板橋課長に尋ねた。

「事情を聞くのは神奈川県警の捜査員か？」

「そうです。山東の周辺で被害者の身元を調べていた者たちです」

竜崎がうなずくと、田端課長が遠慮がちに言った。

「署長……、いや、失礼。部長もそういうことを気にされるのですね」

「そういうこと？」

「警視庁とか神奈川県警とか……」

「伊丹のようだと言いたいのか？」

「いえ、そういうわけでは……」

「他意はない。ただ確認しただけだ。警視庁の捜査員だろうが、神奈川県警の捜査員だろうがかまわない。だが、一つ注意しておきたいことがある」

「何でしょう？」

「田端課長に、ではなく、板橋課長に、だ」

すると、板橋課長が眉をひそめた。

「何でしょう」

「被害者の身元について知らせてきた捜査員は、直接課長の携帯にかけてきたんだな」

「そうです」

「それは望ましくない。情報を捜査本部全体ですみやかに共有するためには、報告は課長にではなく、管理官にすべきだ」

板橋課長は一瞬、驚きの表情になった。まさか県警の部長からそんなことを言われるとは思ってもいなかったのだろう。

彼は、すぐに気を取り直したように言った。

「すいません。事情聴取の結果は、必ず管理官に報告させます」

「それでいい」

竜崎がうなずくと、田端課長が言った。

「さすが竜崎部長ですね」

「何がさすがなんだ？　俺は当たり前のことを言っているだけだ」

「だから、さすがなんです」

「そちらも同じだぞ」

「同じ？」

「外事二課とのやり取りは、すべて管理官に伝えてくれ」

「了解しました」

田端課長は、ふと出入り口のほうを見た。「どうやら、その外事二課の連中がやってきたようです」

14

二人組の男が出入り口からまっすぐに幹部席に向かって進んできた。田端課長が言うとおりに、一目で公安とわかる連中だった。

年齢は四十代と三十代。どちらも地味なスーツを着ている。四十代のほうは臙脂《えんじ》のネクタイをしており、三十代はノーネクタイだ。

二人は幹部席の前で気をつけをして、規定通りの十五度に上体を折る敬礼をした。

その様子を見ていたらしく、岩井管理官が近づいてきた。

四十代の男が言った。

「公安外事二課の神山輝仁《かみやまてるひと》警部補と、相葉光彦《あいばみつひこ》巡査部長です」

彼が神山警部補だろう。神山は、まっすぐに竜崎を見ていた。その場で誰がトップかを瞬時に判断したのだ。

竜崎は言った。

「神奈川県警の竜崎だ。田端捜査一課長の指示に従ってくれ」

神山も相葉も、神奈川県警と聞いて顔色一つ変えなかった。この捜査本部の事情をあらかじめ知っていたのかもしれない。あるいは、何を聞いても驚いたりしないように訓練を受けているのだろうか。

公安は、竜崎から見ても得体が知れないところがある。全国の公安を牛耳っているのは、警察庁警備局の警備企画課だ。

竜崎はかつて、警察庁の長官官房にいたが、その頃も、警備企画課は謎《なぞ》だらけだと感じていた。

田端課長が竜崎に言った。

「では、ちょっと席を外して彼らと話をしてきます」

「課長自ら話をするのか？」

「ええ。重要なことですから……」

「わかった」

田端課長は、町田署の係員にどこか部屋を用意するように言った。係員はすぐに案内できると言った。

おそらく、竜崎が山東から話を聞いた部屋に行くのだろう。田端課長と外事二課の二人が講堂を出て行き、岩井管理官が席に戻ると、板橋課長が少しばかり落ち着きのない態度で言った。

「私もちょっと、取調室の様子を見てきていいですか？」

「部下に任せておけばいいだろう。幹部が口出しすると煙たがられるだけだぞ」

「口を出すつもりはありません。どういう状況か気になるんです」

「別に見に行くのはかまわない」

「では、ちょっと失礼します」

板橋課長も捜査本部をあとにした。

結局、幹部席には竜崎一人だけになってしまった。

警視庁主導の捜査本部のはずなのに、神奈川県警の刑事部長だけしかいないというのは、どういうことだ。

竜崎はあきれてしまった。やはり、捜査本部に幹部など必要ないのではないか。そんなことを思っていると、携帯電話が振動した。

冴子からだ。

「どうした？」

「今日は、すぐに配車されたわ」

「それはよかった」

「圧力をかけたんじゃないでしょうね」

「そんなことはしていない」

「昨日とは扱いが雲泥《うんでい》の差よ」

「滝口所長と敵対関係ではなくなったということだ」

「いったいどんな話をしたの？」

「詳しいことは話せないが、かいつまんで言うと、彼に捜査協力を頼んだ」

「捜査協力……？」

「滝口所長は、かつては優秀な警察官だったんだ。いまだに人脈も豊富だ。彼を利用しない手はない」

しばらく無言だった。

竜崎は尋ねた。

「どうした？」

「感心していたのよ。そんな方法があったなんて……」

「敵対して攻撃するばかりが能じゃない」

「あなたにそんな兵法の心得があったなんて、びっくりだわ」

「警察官は侍だ」

「とにかく、恫喝《どうかつ》したり圧力をかけたりしたんじゃないと知って、安心したわ」

「柵に衝突したりしないように、気をつけて運転してくれ」

「わかってるわよ。じゃあ」

電話が切れた。

どうやら滝口は、竜崎を敵ではないと認識してくれたようだ。縄張り意識が強く、警戒心が強いが、基本的に悪い男ではないのだ。それは、現職時代の噂《うわさ》を聞けばわかる。

竜崎が敵ではないということは、その妻も敵ではないと考えたわけだ。

あとは彼の働きに期待しよう。竜崎はそう思った。


午後一時半頃、まず田端課長が戻ってきた。竜崎は言った。

「岩井管理官を呼んで、いっしょに報告を聞こう」

田端課長が岩井管理官を呼び寄せると、あらためて竜崎は尋ねた。

「それで、どうだったんだ？」

「二人は、被害者のことは知らないと言っていましたが……」

「が……？」

「もしかしたら、知っていて隠しているのかもしれません」

「捜査一課長の眼はごまかせないか」

「直接知ってはいないまでも、関連する何らかの事柄に心当たりがあるのではないかという気がしました」

「二人はどうした？」

「調べてみると言って、帰りました」

「それっきりじゃないだろうな」

「また捜査本部には足を運ぶと言ってましたが……」

「まあ、調べてみると言わせたのは、めっけものというところだな」

「被害者が、横浜中華街の縁者に受け入れてもらえなかったのは妙だと、彼らも言っていました」

「それがけっこう重要なポイントかもしれない」

「私もそう思います」

「近々、中華街で話が聞けると思う」

「滝口さんに、華僑を紹介してもらうという話ですね」

「そうだ」

岩井管理官は初耳だったはずだ。彼は竜崎に尋ねた。

「部長自らおいでになるということですか？」

「相手が顔役となれば、こちらも下っ端というわけにはいかない。滝口さんがそう言うんだ」

するとと田端課長が言った。

「一人で行かれるわけではないですよね」

「滝口さんがいっしょに行くことになると思うが……。まあ、場合によっては俺一人でもかまわないと思っている」

「とんでもない。警備部の警護担当の者をつけるべきです」

「政府要人じゃないんだ。その必要はない」

「せめて、捜査員を同行させてください」

そこに板橋課長が戻ってきて、その議論は打ち切りになった。

板橋課長がその場のみんなに言った。

「どうやら、今話を聞いている中国人は、山東と被害者が話をするときに通訳をしていた人物らしいです」

竜崎は尋ねた。

「では、山東と被害者のやり取りをよく知っているということだな」

「そして、被害者と親しかったようです。話を聞いていた捜査員が、岩井管理官に報告します」

岩井管理官がうなずいた。

「了解しました。うかがいます」

田端課長が言った。

「俺たちもいっしょに話を聞く」

神奈川県警の捜査員二名がやってきた。岩井管理官が話を促す。二人のうち、年上のほうが話しだした。

「被害者の楊宇軒という名前は偽名で、本名は張浩然《ちょうこうぜん》と言うそうです。中国語の発音は、チャン・ハオランです。自分の発音が正確かどうかわかりませんが……」

「年齢や出身地は？」

「年齢は三十六歳。例の手配師の証言と同様です。出身地は、江蘇省の南京《ナンキン》市だということですが、北京《ペキン》で暮らしていたようです」

板橋課長が意外そうな表情で言った。

「よくそこまで話してくれたもんだな……」

すると捜査員がこたえた。

「張浩然が生きていたら、絶対に話さなかったと、本人は言っています」

板橋課長がうなずいた。

「なるほどな……」

「協力者は、ひどく悔しがっていて、絶対に犯人を捕まえてほしいと言っていました。そのために、情報提供してくれたわけです」

岩井管理官が尋ねた。

「その協力者の名前は？」

「黄梓豪《おうしごう》です。中国語の発音は、ファン・ズハオ」

「今、どうしてる？」

「連絡先と住所を聞いてからお帰りいただきました」

それで問題ないだろうと、竜崎は思った。善意の協力者を長時間拘束することはない。必要なことを聞き出せればいい。

岩井管理官が竜崎に言った。

「すぐに被害者の氏名を捜査員たちに流します」

竜崎はうなずいた。

「そうしてくれ」

岩井管理官にとっては、警視庁も神奈川県警も関係ないようだ。とにかく幹部席に座っている一番偉い人が竜崎だ。だから岩井管理官は竜崎に判断を仰いだのだ。

竜崎はその状況を受け容《い》れていた。……というより、当たり前のことだと思っていた。どこの所属であろうが、そんなことは問題ではない。

その場で判断を下せる者が指示を出せばいい。警察という組織の性格上、命令系統は守られなければならないが、セクショナリズムは排除すべきだ。

田端課長が捜査員たちに尋ねた。

「黄梓豪は、張浩然が殺害されたことについて、何か言っていたか？」

「ひどく残念がっていました。いや、悔しがっている様子でした。犯人についての心当たりはないと言っていました」

「それは本当だと思うか？」

田端課長にそう尋ねられて、二人の捜査員たちは顔を見合わせた。それから年上のほうがこたえた。

「何とも言えません」

「何か隠していることもあり得るということか？」

「あり得るかどうかというと、あり得ますね」

「黄梓豪が犯人を知っているかもしれないということか？」

「いえ、そうとは思いませんが、犯行の動機とかに心当たりがあるかもしれません」

板橋課長が追及した。

「それを聞き出せなかったのか」

「すいません」

田端課長が言った。

「そいつは酷ってもんだろう。相手は被疑者じゃないんだ。無理やり吐かせるわけにもいかない」

板橋課長が驚いた顔で田端課長を見た。まさか、田端課長が自分の部下を弁護するとは思わなかったのだろう。

板橋課長は、田端課長から眼をそらして、決まり悪そうな顔で部下たちに言った。

「引き続き、黄梓豪と連絡を取り、何か聞き出してくれ」

「了解しました」

岩井管理官が尋ねる。

「他に何か？」

捜査員がこたえた。

「以上です」

岩井管理官が竜崎を見た。竜崎はうなずいた。

岩井管理官と捜査員たちが管理官席に移動していった。

田端課長が言った。

「もし、中国人同士のトラブルだとしたら、黄梓豪はなかなか口を割らないでしょうね」

それを聞いて竜崎は言った。

「外事二課の連中に、張浩然と黄梓豪の名前を伝えてくれ」

「外事二課が何か知っていると思いますか？」

「わからんが、ダメ元だ」

「了解しました」

そのとき、竜崎の携帯電話が振動した。

「はい、竜崎」

「滝口です」

「どうしました？」

「今夜、中華街でメシでも食いませんか」

「誰かに話を聞けるということですか？」

「梅香楼《ばいこうろう》という店においでください」

滝口の口調は自信に満ちている。竜崎はこたえた。

「わかりました。何時にうかがいましょう」

「十九時にお待ちしております」

「了解しました」

「では……」

電話が切れた。竜崎は板橋課長に尋ねた。

「中華街の梅香楼という店を知ってるか？」

「ええ。老舗《しにせ》の高級店ですね。もしかして、滝口さんですか？」

「そうだ。十九時に来てくれと言われた」

「梅香楼の経営者は間違いなく老華僑《かきょう》です」

「とにかく、行ってみよう」

竜崎は公用車の運転手に電話をして、午後七時に梅香楼に行くので、場所を確認しておくように、と伝えた。

それから、伊丹に電話してみた。

「はい、伊丹」

「竜崎だ。今だいじょうぶか？」

「ああ。短時間ならな」

「捜査本部にはいつ顔を出すんだ？」

「夜の捜査会議にはなんとか間に合うように行こうと思っている」

「俺は朝からずっと詰めているんだ」

「なんだ、おまえ、いたのか」

「いたのか、じゃない」

「いやあ、やっぱりおまえは頼りになるな」

「警視庁主導の捜査本部なんじゃないのか」

「そうだよ。だから、捜査会議には顔を出すと言ってるんだ」

「俺は十九時に中華街で用事がある。できれば、それまでにおまえに来てほしい」

「必要ないだろう。捜査一課長と管理官に任せておけばいい。おまえは、捜査本部には部長とか署長といった幹部は必要ないと主張していなかったか？」

たしかに普段はそう思っている。だが、今日は伊丹を呼び出したかった。捜査本部を押しつけられたような気がして、悔しかった。

「新たな情報もある。捜査会議を待っていないで、できるだけ早く来たほうがいい」

しばらく間があった。おそらく、頭の中で予定の調整をしているのだろう。やがて、伊丹の声が聞こえてきた。

「わかった。十九時に中華街だな。じゃあ、十八時頃そっちに行くことにする」

「そうしてくれ」

「今夜は中華街で食事か。うらやましいな」

「捜査の一環だ。情報提供者に会う予定だ」

「ほう……。刑事部長自ら捜査というわけか。現場に嫌われるぞ」

「おまえに言われたくない」

「……で、情報提供者って、何者だ？」

「行ってみなければわからないが、老舗の中華料理店のオーナーではないかと思っている」

「そうか。じゃあ、十八時に……」

竜崎は電話を切った。

伊丹は、電話で言ったとおりに午後六時頃、捜査本部にやってきた。

竜崎の隣に着席すると言った。

「新たな情報って、何だ？」

「被害者はやはり偽名を使っていた。本当の名前は、張浩然と言うそうだ。詳しいことは、田端課長から聞いてくれ」

「そろそろ出かけるんだろう？」

「ああ。そのつもりだ」

「俺が来たからには、安心して行ってくれ」

別に伊丹が来たからといって安心だとは思わなかった。だが、ここでそれを彼に伝える必要もない。

「じゃあ……」

「そのまま帰宅するんだろうな」

「特別な情報があれば、持ち帰る」

「いいから、帰れ」

竜崎はそれにはこたえずに捜査本部をあとにした。

梅香楼はすぐにわかった。中華街の東側を南北に走る上海路《シャンハイろ》に面した大型店だった。

立派な門構えがいかにも高級店らしい。

店に入り、名前を言うと席に案内された。滝口がすでに来ていた。竜崎の姿を見ると、彼は立ち上がった。ずいぶんと態度が変わったものだと、竜崎は思った。

捜査に協力できるというのがうれしいのだろう。

竜崎が席に着くと、滝口がポットに入っているジャスミン茶を小さな茶碗《ちゃわん》に注いでくれた。

竜崎は尋ねた。

「それで、話の相手は誰なんです？」

滝口は、竜崎の背後に眼をやって言った。

「その相手がいらっしゃいましたよ」

竜崎は振り向いて席に近づいてくる人物を見た。

15

「ようこそおいでくださいました」

やってきた人物はそう言って、笑顔を見せた。

香港映画に出て来そうな恰幅《かっぷく》のいい老人だった。いかにも華僑という印象だ。白いたっぷりとした上着を着ているが、それが中華風に見えた。

身長はそれほど高くない。血色がよく、見るからに元気そうだ。

滝口が言った。

「呉博文《ごはくぶん》さんです。いや、ウー・ブォエンさんとお呼びすべきでしょうか？」

呉博文老人は、笑みを絶やさずに言った。

「はくぶんでけっこうですよ。知人の中にはひろぶみと呼ぶ人もいます。郷に入れば郷に従えです。中国に行けば、お二人のお名前も中国読みされるはずです」

たしかに竜崎は中国に行けば「ロンチィ」、伸也は「シェンイエ」と読まれるはずだ。

どこの国に行ってもたいていパスポートに記載されている名前で呼ばれるのが普通

だが、中国・台湾に限っては事情が違う。

竜崎はかねてからそれに違和感を覚えていた。シンヤはどこの国でもシンヤだろうと思っていたのだ。

だが、中国人に言わせれば漢字を別の発音にするほうがおかしいということになるのだ。

昔そのことを妻に言ったら、こう返された。

「あら、ロシアのピョートル大帝は、他国ではピーターと呼ばれることもあるし、カエサルもシーザーになったりするじゃない」

なるほど、何も日中に限った問題ではないのかと、納得した経験がある。

滝口が続けて、竜崎を呉博文に紹介した。

「神奈川県警の竜崎刑事部長です」

竜崎は名刺を取り出して差し出した。呉老人も名刺を出した。

それには、三つの組織名が書かれていた。

名刺交換が終わると、三人は四角いテーブルの席に着いた。竜崎と滝口が並んで座り、竜崎の向かい側に呉老人が座った。

呉が言った。

「県警の部長さんとはずいぶん偉いかたがお見えになったものです」

滝口が言った。

「呉大人《ウーダーレン》からお話をうかがうからには、下っ端《したっぱ》というわけにはいきません」

「いやいや、私などはただ長く生きているだけのことです」

竜崎は質問した。

「三つの肩書きをお持ちですね。『横浜中華街発展会協同組合』の理事……。これはどういう組織ですか？」

「通称『発展会』といいます。もともとは一九五六年にできた任意団体でしたが、七二年に法人登記して協同組合になりました。華僑や華人だけでなく、日本人も加盟する街づくりのための中華街全体の協同組合です」

「華僑と華人の違いは……？」

「中国籍あるいは中華民国籍を持ったまま日本に住んでいるのが華僑ですが、帰化して日本国籍を持っている人を華人と言います」

アメリカで言うと、「チャイニーズアメリカン」というところだろうか。竜崎はさらに質問した。

「二つ目の『横浜華僑総会』というのは？」

「華僑を代表する団体です。残念なことに、一九四九年に中華人民共和国が生まれて以来、中国を支持する者たちと台湾を支持する者たちがこの中華街でも対立することになりました。その名残として、二つの『華僑そうかい』ができました」

呉はテーブルにあった紙ナプキンを取り、ボールペンを取り出して、二つの団体名を書いた。

『華僑総会』と『華僑總會』。それぞれを指さしながら、彼は説明した。

「『華僑総会』は中国支持、『華僑總會』は台湾支持の団体です」

「最後の『広東《カントン》会館倶楽部《クラブ》』というのは何でしょう？」

「これは郷幇《きょうぱん》です。かつて私は会長をやっていて、今は顧問です」

「きょうぱん……？」

「ええ。正しくは、『きょうほう』と読むべきなのでしょうが、我々は『ぱん』と読まないとぴんときませんので、日本語と中国語をごっちゃにしてそう呼んでいます」

呉は再び、紙ナプキンに『郷幇』の文字を書いた。そして、説明を続けた。

「幇にはいろいろあります。同じ仕事をしている者たちの集まりを業幇《ぎょうぱん》と言います。また、同族の集まりや秘密結社なども幇と呼ぶことがあります。その中で一番結びつきが強いのが郷幇なのです」

「なるほど、呉さんはその郷幇で影響力がおありだということですね」

「中国人の社会では年寄が力を持つのです」

自分が権力者であることをまったく否定しなかった。それでいて、自慢げなところがまったくない。これが本当の自信というものだろうと、竜崎は思った。

「『広東会館倶楽部』というからには、広東省出身の人たちの幇なのですね」

「そうです。中華街には、広東幇、潮州《ちょうしゅう》幇、福建幇、客家《はっか》幇、福州《ふくしゅう》幇、三江《さんこう》幇などがありますが、広東幇が最も大きな組織です」

「中国からやってきた人たちが中華街で頼りにする仲間というのは、具体的にはその幇のことなのですね？」

「大雑把に言うとそういうことですね」

「今名前を挙げた郷幇は、南方の土地のもののようですが……」

「そうですね。横浜中華街に住む人の多くは広東省や福建省の人たちですから……」

「もし、中国北方に住んでいた人が日本にやってきて、中華街の人たちを頼りにするとしたらどうしますか？」

「まず我々は、親類縁者が中華街にいないかどうかを確認します。縁者がいるとなれば、その者が属している郷幇が面倒を見ます。血族がいない場合は、業幇や同姓同族の幇が面倒を見ることになるでしょう」

「そのどれにも該当しない場合は……？」

「それは考えられませんね。たいていは何かの幇が当てはまります。もし万が一、まったくどこにも該当しないとしても、華僑総会などを通じて誰かが面倒を見ることになるでしょう」

「なるほど……」

竜崎がふと考え込むと、それをきっかけに呉が言った。

「せっかくおいでくださったのですから、ぜひ自慢の広東料理を味わってください」

そして、出入り口のほうに声をかけた。日本語ではなかった。おそらく広東語だろう。

竜崎は言った。

「今日お邪魔したのは、食事をするためではなく、お話をうかがうためなのですが……」

呉はにこやかな表情のまま言った。

「せっかく用意した料理を前に、そういうことをおっしゃるのは野暮というものですよ」

「野暮はよく言われることです」

「まあ、召し上がってください。食事をしながらでも話はできます」

そう言えば、滝口が電話をくれたとき、「中華街でメシでも食いませんか」と言っ
たのだ。

伊丹も「今夜は中華街で食事か」と言っていた。中華街にやってくるということは
つまり、食事をするということなのだと、竜崎は思った。

ならば、ごちゃごちゃ言わずに、食事を楽しむことにしよう。

「では乾杯しましょう」

白酒《バイジュウ》が出された。強い酒であることは知っていたが、ここは中国の風習に従うべ
きだと、竜崎は思った。呉や滝口と杯を合わせ、一気に飲み干した。

前菜が運ばれてきた。呉が説明した。

「鴨《かも》のロースト三種と、家鴨《あひる》と豚肉の鹵水《ローソイ》料理です」

「ローソイ……？」

「八角《はっかく》やシナモン、甘草《かんぞう》、陳皮《ちんぴ》といった漢方薬にも使われるスパイスをふんだんに使
ったスープで煮付けた料理です」

なるほど、よく普通の中華料理店で見かける少々水っぽい前菜とはまったく違って

いた。本場の中華料理独特の風味だ。

竜崎は食に興味があるほうではない。だが、おいしいものを食べるのが不愉快なわけがない。

次の料理が運ばれてきて、また呉が説明する。

「韮《にら》とアンチョビの炒《いた》め物と、白切鶏《バイチエジー》です。白切鶏は広東では定番の料理です。茹《ゆ》でた鶏《とり》をネギソースで味付けします」

これもうまかった。

料理を味わいながら、竜崎は言った。

「料理のうまさに、質問することを忘れてしまいそうです」

呉がほほえんだ。

「それが狙《ねら》いだとは思わないでください。どんな質問にもおこたえしますよ」

「では、先ほどの質問の続きです。もし、誰かが、世話をしてほしいと中華街の縁者を訪ねてきたとします。それを拒否するとしたら、どんな理由が考えられますか？」

呉の穏やかな表情は変わらない。

「拒否ですか……。そうですね……、どんな世話を頼んできたかにもよるでしょうね」

「……と言いますと？」

「無茶なことを頼んできたとしたら、断るしかないでしょう」

「無茶なこととは、例えばどんなことでしょう？」

「身分不相応な仕事を求めるとか……。腕も資格もないのに、いきなり料理人の仕事に就きたがるとか……」

「たしかに、そういう要求は受け入れがたいですね」

「明らかに犯罪に加担していると思われる場合も拒否するでしょうね」

竜崎はうなずいて、料理を口に運んだ。まさに、そのことを聞きたかったのだが、あまり前のめりになると、相手に引かれる恐れがあると思ったのだ。

「でも……」

滝口が口を開いた。「福富町あたりから逃げてきた犯罪者を匿《かくま》う場合があると聞いたことがありますよ。警察が追っても、中華街に逃げ込まれたら、足取りがつかめなくなる、と……」

元警察官らしい発言だと、竜崎は思った。相手に揺さぶりをかけているのだ。

それでも呉の穏やかな表情は変わらない。

「どうでしょうね。私自身は、そういう例を見聞きしたことはありません。都市伝説の類《たぐい》じゃないのですか？」

「もちろん、呉大人はそういうことはご存じないでしょう。下っ端のやることとでしょうからね。私はそういう話を加賀町《かがちょう》署の知り合いから聞いたんです」

加賀町警察署は、中華街に隣接している。事情に通じているはずだ。

呉は相変わらずほほえんでいる。

「下っ端のやること、ね……。まあ、最近はいろいろありますからねえ……」

竜崎は尋ねた。

「いろいろとおっしゃいますと？」

「近年、私たちは老華僑などと呼ばれるようになりました。まあ、実際に年寄りですからそれはいいのですが、問題は八〇年代以降に中華街にやってきた新華僑、そして、さらに新新華僑などと呼ばれる連中なのです」

「新華僑に新新華僑……」

「甘栗問題をご存じですか？」

竜崎はかぶりを振った。

「いいえ」

すると、滝口が説明した。

「一時期、強引な甘栗販売店などの客引きが問題になったことがあったんです」

竜崎は聞き返した。

「甘栗……」

呉の表情がわずかながら翳《かげ》った。

「中華街の店は、二〇〇六年には二百三十九店あったのですが、二〇〇九年までの三年間に九十四店が閉店したのです。そして、新たに五十二店が開店したのですが、その多くは格安食べ放題の店や、中華饅頭《まんじゅう》や小籠包《ショーロンポウ》の店、そして、甘栗の店だったのです」

竜崎は言った。

「高級な老舗がどんどん閉店しているという話はうかがっています」

「中華街の雰囲気も変わっていきます。昔は一流の味を保証する大型店が軒を並べていたものです。だんだんとそういう雰囲気が失われていきます」

滝口がうなずいた。

「そうですね。自分らが子供の頃には、中華街に行くというと、何か特別なことのように思ったものです」

呉が言葉を続けた。

「それが私たちの誇りでした。もともと華僑には『三把刀《さんばとう》』という言葉があります。刃物を使う三つの仕事ということです。つまり、料理、理髪、洋裁です。これらを身につけていれば、世界中どこでも通用するという考え方です。そして、その中で料理が最上とされているのです。おいしい料理を提供することが誇りだったのです」

竜崎は言った。

「それはよく理解できます」

次に運ばれてきたのは、フカヒレのスープだった。味付けがひかえめなのだが、うま味とコクがすばらしい。

呉が言った。

「庶民的な店が増えることが悪いことだとは思いません。また、日本の店が進出してくることもいいことだと思います。しかし、中華街でなければ味わえないものを提供するのが、私たちの役割だと思うのです」

竜崎は老華僑の話を興味深く聞いていた。もっと横浜華僑の歴史や文化について聞きたいと思ったが、時間は限られている。話を戻さないといけない。

「つまり、呉さんの世代と、新華僑や新新華僑の間に何か問題があるということですか？」

「問題ですか……」

呉は溜《た》め息をついた。「そうですね。問題がないと言えば嘘《うそ》になりますね」

「対立しているということですか？」

「表立った対立はありません。しかし、我々の流儀に合わせない人々が増えてきたことも事実です。我々は長い間、この街のことを考えて商売をし、暮らしてきました。しかし、街のことなどどうでもいい、自分さえよければいいという人たちが増えてきたように思います」

竜崎はこたえた。

「それは中華街だけの問題ではないでしょう」

「私たちは郷幇や業幇、あるいは華僑総会などを通じて互いに助け合ってきました。関帝《かんてい》様や媽祖《まそ》様を崇《あが》めて、春節には街を挙げてお祝いをし、清明節《せいめいせつ》には中国人墓地の『中華義荘《ちゅうかぎそう》』を訪れて先祖にお参りします。そうやって祖先からの伝統を守って生活をしてきたのですが、新華僑や新新華僑の中には、そんな伝統など必要ないと考えている者たちもいるようです。中国の伝統や文化を大切にするから、世界中のどこにいても、自分たちは中国人でいられる。それが華僑なのです」

「おっしゃるとおりだと思います」

華僑はどこの国でもチャイナタウンを作る。そして、中国風の生活を守りつづけるのだ。

牛肉のオイスターソース炒めと鶏の広東風唐揚げが運ばれてきた。そろそろ腹も満たされてきたが、それでもうまいものは食べてしまう。

最後は餡《あん》かけチャーハンだ。呉によると、これは福建炒飯《チャーハン》と呼ばれているらしい。

すっかり満腹すると、質問する意欲が薄らいでいくような気がする。これではいけないと、竜崎は気を取り直した。

「先ほどの質問なのですが、実は殺人の被害者に関連したものだったのです」

呉は穏やかにうなずいた。

「ええ、そうだと思いました。町田で殺されたのが中国人らしいというニュースを見ましたから……」

「彼は、中国から来日した際に中華街の縁者を頼ったらしいのですが、それを拒絶されたと言っていたというのです」

「なるほど……。それで、あのような質問をされたのですね」

「何か心当たりはありませんか？」

呉はしばらく考え込んでいた。やがて、彼は言った。

「さあ……。思い当たることはありませんね。殺されたのはどのような人なのでしょう」

「詳しくはお話しできませんが、不法入国という可能性もあります」

「不法入国……？」

「ええ。確認されたわけではないのですが……」

未確認情報を伝えるべきではないとは思う。だが、相手は小者ではない。こちらの誠意をしっかりと見定めているはずだ。だから、なるべく隠し事はしたくなかった。

それに、呉ほどの立場の人物なら、情報の真偽はしっかりと確認するだろうと思った。

「何かの犯罪絡《がら》みで消されたということでしょうか？」

「それはわかりません。ですから、こうしてお話をうかがいに来ているのです」

呉は残念そうに言った。

「申し訳ありませんが、お力にはなれないようです」

あくまでも穏やかで、表面上は協力的だ。だが、本心はわからない。懐《ふところ》が深くて、容易に本性を表さない人物だ。

竜崎は、まるで底なし沼を手探りしているような気分になった。

すべての料理が下げられ、おそらくデザートが出てくるのだろうと思った。そのとき、ふと竜崎はテーブルに刻まれている文字に気づいた。

表面はガラスで、その下の木材に彫られている文字だ。

竜崎は言った。

「『清明《せいめい》』ですか……」

呉はにこやかな表情になって言った。

「そうです。杜牧《とぼく》の詩です。とても美しい風景が頭に浮かびます」

清明時節雨紛紛
路上行人欲斷魂
借問酒家何處有
牧童遙指杏花村

七言絶句だ。その詩を読み下そうと、竜崎が苦労していると、滝口が再び口を開いた。

「清明の時節、雨紛紛《ふんぷん》。路上の行人、魂《こん》を断たんと欲す。借問《しゃもん》す、酒家いずれの処《ところ》にかある。牧童《ぼくどう》、遥《はる》かに指さす、杏花《きょうか》の村。清明の季節、つまり春ですね。雨がしとしと降っていて、道行く私はひどく落ち込んできた……。牛飼いの牧童にちょっと尋ねる。どこか酒が飲めるところはないだろうか、と。牧童は、はるか向こうの杏《あんず》の咲く村を指さす……。いや、実に味わいのある詩ですね。私の好きな詩です」

竜崎は、滝口の意外な一面を知り、驚いた。

呉がうれしそうな顔になって言った。

「あなたは詩心がありますね。そういう人は信じられると言います」

「借問というのは、ちょっとお尋ねいたしますが、という丁寧な問いかけですね。私も借問いたします。殺人の被害者が中華街を頼ってきたのに、どうして拒絶されたのでしょうね」

呉は笑顔のままこたえた。

「丁寧な質問には、丁寧におこたえせねばなりませんね。だが、今そのこたえは、私にはわからない。ですから、調べておきましょう」

竜崎は頭を下げた。

「お願いします」

そのとき、デザートが運ばれてきた。マンゴープリンだった。

16

竜崎は、滝口と二人で公用車の後部座席にいた。

滝口を彼の自宅まで送り届けることにしたのだ。自宅は教習所の近くだと言う。礼を言いたかったし、呉博文の話について意見を聞きたかった。

竜崎は言った。

「まず、呉さんを紹介してくださったことにお礼を言います」

すると、滝口はにっと笑った。

「OBは頼りになるでしょう」

「呉さんは実に柔和そうに見えますが、底が知れない感じでしたね」

「華僑の大物はあんなもんですよ」

「何か隠していると思いますか？」

滝口の目が鋭くなった。

「おそらく何か知っているでしょう。でも、簡単に私たちには教えたくないのでしょう」

「私たちを信頼していないということでしょうか」

「今日の会談は、面接試験ですよ」

「面接試験……？」

「つまり、私たちがどれくらい信用できるか確認したんです」

「試験の結果はどうだったのでしょう」

「調べると言ってくれたのだから、悪くはなかったと思います。彼らは言ったことはやりますからね」

「少しは希望が持てるような気がしてきました」

「料理を平らげたのがよかったですね」

そう言われて、竜崎は思わず聞き返した。

「料理を食べたのがよかった……？」

「ええ。食べない人は信用してもらえません」

「あなたが、『清明』について感想を述べたのがよかったんじゃないですか」

「それもあるでしょうね」

「それにしても、あなたが漢詩に通じておられるとは意外でした」

「以前あの席に座ったことがあるんです」

「え……？」

「もしかしたら、またあの席に呼ばれるかもしれないと思い、必死で『清明』の勉強をして暗記しましたよ」

「ほう……。呉さんを騙《だま》したということですか？」

「騙したなんて人聞きが悪いですね。何とか気に入ってもらいたかったんですよ」

「なかなか計略家ですね」

「おほめの言葉と受け取っておきます。『清明』が好きと言ったのは、嘘じゃないですよ。意味を調べてみて、本当に美しい詩だと思いました」

「そうですね」

竜崎は言った。「私もそう思います」

やがて車が滝口の自宅に着いた。車を下りようとした滝口が、ふと気づいたように言った。

「奥さんの件ですが……」

竜崎は言った。

「何もおっしゃらなくてけっこうです」

滝口は、しばらく固まったように身動きしなかったが、やがて竜崎に一礼して車を下りていった。

運転係が竜崎に尋ねた。

「どちらに向かいますか？」

竜崎は時計を見た。午後九時半だ。

自宅に戻りたいと思った。だが、捜査本部も気になるし、県警本部も気にかかる。

竜崎は言った。

「まず、捜査本部に行ってくれ」

「了解しました」

車が走りだした。

捜査本部に戻ったのは、午後十時過ぎのことだったが、まだ伊丹が残っていた。田端課長と板橋課長の姿もある。幹部席にやってきた竜崎を見て、伊丹は驚いた顔で言った。

「なんだ、戻ってきたのか」

「ああ。その後、どうだ？」

伊丹がふと表情を曇らせた。

「実は、ちょっと気がかりなことがあってな……」

「何だ？」

「黄梓豪と連絡が取れなくなった」

一瞬、何を言われたのかわからなかった。

「おう・しごう……」


「参考人として来てもらっただろう」

「ああ……。被害者と手配師の山東の間で通訳をやったという男か。連絡が取れないって、どういうことだ」

「捜査員が、確認したいことがあって、教えられた携帯電話の番号にかけたんだそうだ。だが、通じなかった」

「通じなかった……？　圏外とか、電源が入っていないとか、そういうことか？」


「その番号は現在使われていないということだ」

「その参考人が嘘をついたということか？」

「自分の電話番号を間違ったのでなければ、な……」

「間違った可能性もあるということだな」

「あまりないな。捜査員が携帯電話キャリアに確認した。番号はでたらめだ」

竜崎は、板橋課長に尋ねた。

「黄梓豪の足取りがつかめないということだな？」

「はい。聞いた住所にも住んでいないようです」

「なぜ嘘をついたのだろう……」

竜崎の言葉に、板橋はこたえた。

「彼らは我々に、簡単に身分を教えようとはしませんよ」

「彼ら……？」

「外国人のことです」

「脛《すね》に傷を持っているということだろうか」

「そうでなくても警戒します。日本の警察を信用していませんからね」

「単に警戒しているだけではないかもしれない」

板橋課長はうなずいた。

「ええ、わかっています。何か知っていて隠していたという可能性はあります」

「どうやって黄梓豪を見つけたんだ？」

「山東の周辺を当たっていた捜査員が見つけました。もう一度、山東に当たらせています」

「なんとか、黄梓豪を見つけてくれ」

二人の会話を聞いていた田端課長が言った。

「警視庁の捜査員も動員しましょう」

竜崎はうなずいてから尋ねた。

「被害者の本名と黄梓豪の名前を、外事二課に伝えたのか？」

「伝えました」

「何か言っていたか？」

「やはり、調べるとだけ……」

竜崎と田端課長の会話を聞いていた伊丹が言った。

「その話は聞いた。おまえが、張浩然と黄梓豪の名前を外事二課に伝えるように言ったんだな？」

竜崎はうなずいた。

「そうだ」

「何か知っていても、公安のやつらは俺たちに教えたがらないだろうな」

「いつも不思議に思うんだが、公安の連中はどうして何でも秘密にしたがるんだ？」

「刑事の周囲には常にマスコミがいると、やつらは考えているんだ。そこから情報が洩《も》れる、と……」

「まあ、そういうことがないわけではないが……」

竜崎が言うと、伊丹が目を丸くした。

「おい、おまえはどっちの味方なんだ？」

「別にどちらの味方でもない。第一、敵味方の問題じゃないだろう。現場の刑事からマスコミに情報が洩れるのは、たしかにあり得ることだ。自尊心を満たすためや、記者との付き合いを重視して、故意に情報を洩らす刑事もいると聞いたことがある」

伊丹が顔をしかめた。

「日常の捜査で必要なことなんだよ。記者とは持ちつ持たれつという一面もある」

「わかっている。だから、それを特に問題視しているわけじゃないんだ。公安の秘密主義は、たまに過剰に思える。それが問題だと思う。もし、張浩然と黄梓豪の名前を知っていながら、俺たちに秘密にしているとしたら、それはなぜなんだ？」

伊丹はいまいましげに言った。

「俺たち刑事のことをばかにしているんじゃないのか」

「そういうことじゃなくて、何か理由があるのではないかと、俺は思う」

「どうかね……」

そのとき、田端課長が言った。

「公安が追っている事案があり、我々が近づくことでそれに何か差し障《さわ》りがあるとしたら、秘密にするでしょうね」

竜崎は驚いて言った。

「もしそうだとしたら、秘密にするのはばかげている。ちゃんと事情を説明してくれれば、向こうに迷惑がかからないように対処できるはずだ。秘密にされたほうが、知らずに向こうの領分に踏み込んでしまう恐れがあるだろう」

「理屈で言えばそうですがね……。そういう場合、公安はこちらに相談などせずに、背を向けるんです」

伊丹が言った。

「俺たちは、東京都や神奈川県の警察組織だけど、公安だけは違うからな」

伊丹の言うことはわかる。たしかに警視庁は東京都の、神奈川県警は神奈川県の警察だ。だが、全国の公安の元締めは、警察庁警備局の警備企画課なのだ。

公安の連中はそれを意識しているのだろう。つまり自分たちだけは、都道府県に収まらない全国組織だという思いがあるのだ。

竜崎は伊丹に言った。

「おまえの出番じゃないのか？」

伊丹は眉《まゆ》をひそめる。

「どういうことだ？」

「公安部長と話をしてみてくれ。現場で埒《らち》が明かなければ幹部が話をすべきだ。そのための幹部だ」

「俺に政治をやれってことか？」

「捜査に協力させたいだけだ」

「それには駆け引きが必要だ」

「必要ならやってくれ。そういうのは得意だろう」

伊丹はしばらく考えてからこたえた。

「わかった。たしかにおまえに政治は無理だろうな」

別に交渉事が不得意とは思わなかった。だが、あえて反論する必要はない。竜崎は黙っていることにした。

話が一段落すると、伊丹が言った。

「じゃあ、俺はぼちぼち引きあげることにする。おまえはどうする？」

竜崎は、二人の課長を見てからこたえた。

「俺も引きあげることにする。明日はどうするんだ？」

「今朝はおまえが捜査本部を見てくれたんだったな。明日は俺が来よう」

「わかった。じゃあ、俺は午後に顔を出す。何かあったら連絡をくれ」

田端課長と板橋課長は、二人の部長の予定を把握したはずだ。

伊丹が立ち上がったので、竜崎も席を立つことにした。そして、二人そろって捜査本部をあとにした。


午後十一時半頃に、自宅に戻った。

冴子が言った。

「あら、お帰りなさい。夕食は？」

「済ませた。明日も教習所に行くのか？」

「ええ。早いところ運転できるようにならないと……」

「今日は、滝口といっしょだった」

「協力要請をしたと言ったわね？」

「そう。いっしょに中華街に行ってきた」

「あら、中華街」

高級広東料理を食べたことは言う必要はないと思った。

「中華街の顔役を紹介してもらった」

「あの所長に、そんな人脈があるの」

「ああ。たいしたものだと思う」

「それで、進展はあったの？」

「おい、そういうことを話せないのは知っているだろう」

「うっかりしゃべらないかしらと思って……」

「しゃべるわけがない。美紀は？」

「まだよ。終電で帰ってくるって言ってたわ」

竜崎はうなずいた。

会社の近くに引っ越せばいいものをと、またしても思っていたが、口には出さないことにした。同じことを何度も言うのは愚かだ。冴子だって竜崎の考えはわかっているはずだ。

冴子が言った。

「お風呂《ふろ》、わいてるわよ」

「わかった」

捜査本部にいる連中は、風呂どころか眠ることもままならないのだ。幹部でよかったと思う。

物理的には恵まれている。だが、その一方で幹部は精神的な重荷を背負わなければならない。常に判断を下し、何かあったら責任を取らなくてはならないのだ。

風呂に入って、ベッドでぐっすり眠れることの代償は、意外と大きい。

だから竜崎は、遠慮なく風呂を楽しむことにした。

朝起きて、いつものようにコーヒーを飲みながら新聞を読んでいると、台所から冴子がやってきて言った。

「今日も出勤ですか？」

何を言われたのかわからず、ぽかんと冴子の顔を見ていると、彼女は続けて言った。

「土曜日なのに出勤なのかと訊いているのよ」

言われて新聞の日付を確認した。十一月七日。間違いなく土曜日だ。

捜査本部にいると曜日の感覚がなくなってしまう。登庁しても刑事総務課の連中は休みかもしれない。

あるいは当番の誰かがいるのだろうか。

「昨日も留守にしたので、取りあえず県警本部に行ってみようとは思うが……」

「部長が登庁するとなると、いろいろとたいへんでしょう」

「たいへん……？」

「公用車を呼ばなくちゃならないでしょう？　そうすると刑総課長に連絡が行く。せっかく休みの刑総課長やその下の係長とかが、あわてて登庁してくることになる」

「いや、そんなことにはならないだろう。おそらく決裁書類が溜まっているだろうから、判を押しに行くだけだ。公用車を呼ぶと面倒なことになると言うのなら、タクシーで行く」

「それ、本末転倒でしょう。通勤途中で何かあるといけないから、わざわざ公用車を用意するわけでしょう？」

「それはそうだが……」

「特に登庁する必要がないのなら、休めば？」

そう言われて竜崎はしばらく考え込んでいた。そして、携帯電話を取り出した。

こういうときのために補佐役の参事官がいるのだ。竜崎は、阿久津参事官に電話した。

「竜崎部長。どうされました？」

「昨日はずっと県警本部を離れていたので、連絡してみた」

「ご心配なく。県警本部のほうは特に問題はありません。何かあれば、すぐに連絡をさしあげます」

「そうだろうとは思ったのだが……」

「部長には、捜査本部のほうに専念していただきたいと思います」

「そうもいかない。決裁書類が溜まっているはずだ」

「私で処理できるものはしておきました」

「それでもかなり残っているはずだ」

「月曜日でよろしいのではないかと思いますが……」

もしかしたらこいつは、俺が県警本部に顔を出すのを阻止しようとしているのではないか。ふと、そんなことを思ったが、それはいくら何でも考えすぎだろう。

阿久津参事官は、竜崎のことを思ってくれているのかもしれない。あるいは、捜査本部での警視庁との力関係のことを気にしているのか……。

竜崎は言った。

「わかった。県警本部に行くのは月曜日にしよう」

「捜査本部のほうは？」

「朝から伊丹刑事部長が詰めているはずだ。俺は午後から行くつもりだ」

「了解しました」

「じゃあ、月曜日に」

竜崎は電話を切った。

とたんに電話が鳴った。相手は伊丹だった。

「どうした？」

「手配師の山東がおまえに会いたがっているということなんだが、どうする？」

「午後じゃだめなのか？」

「捜査員が連れてきてな。今、こっちにいるんだが……」

どうせ県警本部に行こうと思っていたのだ。竜崎は言った。

「今から行く」

竜崎は捜査本部に向かうことにした。

17

結局、公用車を呼ぶことになった。刑事総務課に連絡したら、当番の者が対処してくれた。

竜崎は運転担当の係員に尋ねた。

「私が休日出勤などすると、刑総課長に連絡が行くのか？」

「連絡だけは行くと思います。事情を把握しておく必要がありますから」

「事情というのは、俺がどういう行動を取るか、ということだな？」

「はい」

「それで、刑総課長はどうするんだ？」

「たいていの場合、何か起きるまで何もしません」

「わかった」

確認しておいてよかったと、竜崎は思った。用もないのに登庁する必要はない。

町田署に到着して、捜査本部にやってくると、伊丹が竜崎に向かって手を上げた。

その場にいた捜査員たちが全員起立した。

幹部席に着くと、竜崎は尋ねた。

「山東はどこにいる？」

「前に話を聞いたのと同じ部屋に案内した」

「誰が付いているんだ？」

「おたくの中隊長だ」

「中隊長は二人来ているはずだ。どっちだ？」

伊丹が顔をしかめる。

「知らんよ。どっちだっていいだろう」

「どっちだっていいという言い方はないだろう。神奈川県警の捜査員のことなど知ったことではないということか？」

「またそういう言い方をする。部長の俺たちがいちいち気にすることじゃないと言ってるんだ。山東はおまえを待っている。話を聞くために来たんだろう？　早く行ったらどうだ？」

「わかった」

竜崎は席を立って、山東が待つという部屋に向かった。

山東といっしょにいたのは、中江中隊長だった。竜崎の姿を見るとすぐに立ち上がった。山東は座ったままだ。彼はやはりスーツを着ていたが、今日はノーネクタイだった。

竜崎は中江中隊長にうなずきかけてから、山東に言った。

「私に話があるそうですね？」

「ファンを探していると聞きました」

ファンと言われて、咄嗟《とっさ》に誰のことかわからなかった。竜崎は確認した。

「ファンというのは黄梓豪のことですね」

「ええ。ファン・ズハオです」

「姿をくらましました。現在、捜査員が行方を探しています」

「警察では、当然連絡先を訊《き》くはずですよね」

「その電話番号が通じません。住所もどうやらでたらめのようです。あなたは、黄梓豪の連絡先をご存じですか？」

「知っています」

「それをお教え願えますか？」

中江中隊長が竜崎に言った。

「あの……。発言してよろしいでしょうか？」

「すでにそれについてはうかがっております。黄梓豪が警察で述べた連絡先と、山東さんがご存じだった連絡先は違っていましたが……」

山東が言った。

「私が知っていた電話番号も通じなくなっています」

「通じなくなっている？」

「電源が入っていないようです」

竜崎は中江中隊長に言った。

「ダメ元でかけ続けてくれ」

「了解しました」

おそらく竜崎が言わなくても、捜査員がやっているはずだ。だが、しっかり指示しておくことは重要だ。

竜崎は山東に言った。

「わざわざここにいらして、私に話があるとおっしゃるからには、何か特別なことなのでしょうね」

「特別なことと言うか……」

「何だ？」

山東が思案顔になった。「ちょっと気になることがありまして……」

「気になること……？」

「私はできるだけ私と関わる労働者の権利を守りたいと考えています。手配師のくせに妙なやつだと思われるかもしれませんが……」

「元弁護士だということですから、それほど不思議はありませんね」

「特に外国人については、多くの権利の侵害が平然と行われているので、彼らの力になりたいと考えています。すると当然、入管などとさまざまな交渉をしなければならなくなってきます」

「不法就労が後を絶ちませんから、入管にもちゃんと仕事をしてもらわなければなりません」

「不法就労でない労働者にも、不当な圧力をかけることがあります。行き過ぎた取り締まりは明らかな人権侵害です」

「まあ、入管が人権に関してはすこぶる評判が悪いことは知っています」

「そう。彼らは実に恣意《しい》的に突然身柄を拘束しに来たりします。収容所での外国人の扱いも実にひどいもので、私は過去に何度も入管と交渉をしたことがあります」

「民間の方がそういう努力をされていることには、敬意を表します」

ふと山東は言葉を呑《の》みこみ、しばらく竜崎を見つめていた。

竜崎は尋ねた。

「どうかしましたか?」

「警察や法務省の人などにそういうことを言われると、皮肉に聞こえるものですが、あなたから言われるとそう感じない。以前お会いしたときにもそんなことがありましたが、それが不思議です」

「別に不思議でも何でもありません。本気でそう思っていますからね。それだけのことです」

山東はまたしても不思議そうな顔で竜崎を見つめた。そして、彼は言った。

「あなたのような方が警察幹部にいらっしゃるのが、奇跡のような気がします」

よほど警察に怨《うら》みがあるのだろう。弁護士などやっていると当然警察や検察とぶつかることがあったはずだ。いい思い出がないに違いない。

さらに、不法就労者の側に立ったりすると、入管、つまり法務省とも対立することになる。

司法機関や役所は対立する者に対しては容赦ない。身近な存在だから、竜崎はそれを熟知している。だから、何も言わずにいた。

山東が続けて言った。

「外国人労働者のそばにいると、入管の連中と顔を合わせることは珍しくありません。しかし、ファンの場合はちょっと違ったのです」

「違った……？」

「そう。ファンは不法入国とか不法就労というわけではありませんでした。それなのに、何者かに監視されているようでした」

「監視……？」

「ファンと知り合ったのは、一年ほど前のことで、そう頻繁に会っていたわけではないので、はっきりしたことは言えないのですが、監視がついていたと思います」

「何者だか見当はつきますか？」

「おそらく警察だと思います」

「警察……？　つまり、黄梓豪は、何らかの犯罪の被疑者だったということですか？」

「さあ……。それは、私には知る由《よし》もありません」

「監視がついていたのは、どのくらいの期間ですか？」

「少なくとも、私が気づいたのは半年前です」

「そんなに長く監視を続けるというのは、通常では考えられませんね。まあ、もちろん例外もありますが……」

「麻薬・覚醒剤《かくせいざい》の場合は、比較的長期間、内偵を続けますよね」

竜崎は考え込んだ。

「では、黄梓豪は薬物の売買に関係していた、と……。ならば、警察を信用せず、姿をくらましたことも説明はつきそうですが……」

山東はかぶりを振った。

「しかし、薬物を売買しているような素振りは見せませんでしたね……。それに、六カ月以上も内偵を続けるということは、そうとうの大物なんじゃないですか？　中国との密輸に絡《から》んでいるとか……」

「そうでしょうね」

「だったら、日雇いの仕事などをする必要はないでしょう。もっとずっと羽振りのいい生活をしているはずです」

「おっしゃる通りですね。薬物関係だとしたら、梓豪が貧しい生活をしているのはおかしい。他に考えられることは……？」

「長期にわたる内偵と言えば、誰だって想像がつくでしょう」

そう言われて、竜崎は思い当たった。

「公安ですね」

山東は否定も肯定もしなかった。

竜崎は尋ねた。

「あなたが最初にここにいらしたときに、そのことを話してくれなかったのはなぜですか？」

山東はまっすぐに竜崎を見て言った。

「質問されませんでしたから。質問されないことにこたえることはできません」

「もっともなおこたえですね。前回あなたは、話があるとおっしゃってここに来られた。だが、今回は違うのですね」

「ファンが一度警察の聴取を受け、その後姿をくらましたと聞きました。警察の方がファンの行方について訊きにきたのです。へたをすれば私も、痛くもない腹を探られることになるかもしれないと思いましてね」

「なるほど……」

竜崎はそうこたえたが、山東のこたえに納得しているわけではなかった。彼は保身のために証言に来たと言っている。だが、そんな人物には見えなかった。

竜崎は尋ねた。

「それで、進んで情報提供をなさろうと……」

「妙な疑いをかけられたくありませんから」

「正しいことをなさりたいのですね？」

「え……？」

山東は不意をつかれたように、目を丸くした。

「日頃労働者たちの権利を守ろうとなさっている。海外から来た労働者たちも含めて。それは正しい行いです。そして、ここで私に黄梓豪について話してくれているのも、同じく正しい行いです」

「いや、私は……」

「あなたのような方を手配師と呼びたくはありません」

山東は再びしげしげと竜崎を見ていた。やがて、彼は言った。

「いえ、私は手配師以外の何者でもありません」

竜崎が捜査本部に戻ると、伊丹が質問した。

「何かわかったか？」

田端課長と板橋課長が、両側から覗《のぞ》き込むように竜崎と伊丹の会話を聞いている。

竜崎はこたえた。

「黄梓豪には監視がついていたようだ」

「監視？　何の？」

「それはまだ不明だ。だが、六カ月以上にわたる監視だったということだ」

「六カ月も張り付くとなると、強行犯や盗犯とかじゃないな……」

「山東は公安じゃないかと考えている様子だった」

「なるほど、公安か……」

竜崎は伊丹に言った。

「公安部長とはまだ話していないのか？」

「昨日の今日だからな。今日は土曜日だし……」

「そんなことを言ってる場合か。殺人の捜査は一刻をも争うものだと思っていたがな」

「俺だってそれくらい承知している。公安部長の吉村《よしむら》さんは苦手なんだ……」

吉村次彦《つぎひこ》公安部長は、竜崎たちの一期上で、階級も一つ上の警視監だ。

「なら、俺が話そう」

すると伊丹は慌《あわ》てた様子で言った。

「わかった。すぐに電話する」

彼は携帯電話を取り出した。竜崎は言った。

「最初からそうすればいいんだ」

伊丹が電話をしている間、竜崎は田端課長に尋ねた。

「外事二課は何も言ってこないんだな？」

「まだ何も……」

「もし、黄梓豪に張り付いていたのが外事二課だったとしたら、調べていると言いながら、わざと何も言ってこない可能性があるな」

「そうですね……」

「やはり部長同士の話し合いが必要なようだ」

竜崎がそう言ったとき、伊丹が電話を切った。そして、彼は立ち上がった。

「警視庁本部に行ってくる。吉村公安部長が登庁して会ってくれる」

竜崎はうなずいた。

「任せたぞ。一刻も早く、公安からの情報がほしいんだ」

伊丹は何も言わず捜査本部を出て行く。いつものように捜査員たちが総員起立でそれを見送った。

伊丹がいなくなり、町田署署長の姿もないので、必然的に竜崎が捜査本部の指揮を執ることになる。阿久津参事官がそれを知ったら満足げな顔をするに違いない。

電話してやろうかと、一瞬思ったが、やめておくことにした。

竜崎は、板橋課長に尋ねた。

「黄梓豪の足取りはまだつかめないのか？」

「不明です。しかし……」

「しかし、何だ？」

「公安が張り付いていたのでしょう？　彼らが行方を知っているんじゃないですか？」

「監視していたのは、公安とは限らない」

「でも、その可能性が一番高いでしょう」

「何とも言えんな。判断材料が少な過ぎる。公安かもしれないというのは、山東が言ったに過ぎない」

「黄梓豪は、張浩然殺害に関与しているのでしょうか」

「それもわからない。今のところ、黄梓豪と殺人事件を結びつける要素は何もないんだ」

「だったら、どうして姿を消したんでしょう？」

「わからないな。いずれにしろ何かを判断するには、もっと情報が必要だ。黄梓豪を見つけ、公安から情報をもらう必要がある」

板橋課長がうなずいた。

「そうですね」

そのとき、田端課長が言った。

「外事二課の神山と相葉は、あれきり一度も姿を見せません」

「ここに来たら、いろいろと質問されることを承知しているだろうからな」

「では、なぜここに来たのでしょう」

田端課長の言葉に、竜崎は思わず聞き返していた。

「何だって？」

「話なら電話で済むはずです。でも、彼らは捜査本部にやってきた……」

「捜査一課長に敬意を表したんじゃないのか？」

「公安ですよ。そんなタマじゃないでしょう」

「では、なぜだと……？」

「様子を見に来たのではないでしょうか。こちらの陣容や捜査の進捗《しんちょく》を見て、対策を立てたとも考えられます」

「彼らがここにいたのは、ほんのわずかな時間だぞ」

「一瞬だとしても、いろいろなことがわかるものです」

竜崎は、神山が即座に竜崎をその場のトップと判断した様子を思い出していた。なるほど、優秀な公安マンなら、瞬時にいろいろな事柄を察知できるかもしれない。

「それは考えられないことではないな」

田端課長がさらに言った。

「そして、黄梓豪も同じなのではないでしょうか」

「同じ……？」

「彼は警察の様子を探りたかったのかもしれません。捜査員が彼を訪ね、町田署への同行を求めたのは、彼にとって渡りに船だったのではないでしょうか」

それに対して板橋課長が言った。

「被害者が偽名を使っていたことを告げたのは黄梓豪だ。それはなぜだったんだ？」

「警察に自分を信用させるためだろう。事実、我々は、彼と連絡が取れなくなるまで、何の疑いも持っていなかった。つまり、彼に姿を消す猶予《ゆうよ》を与えたということなんだ」

板橋課長が言った。

「黄梓豪を連れてきて調べたのは、うちの捜査員だ。ヘマをやったな……」

田端課長が言う。

「どこの捜査員がどうのという問題じゃない。我々全員の責任なんだ」

二人の課長の歯車が嚙《か》み合ってきている。竜崎はそう感じながら言った。

「田端課長が言うとおり、どこの捜査員かは問題じゃない。だが、全員の責任というわけじゃない」

「は……？」

田端課長が竜崎の顔を見た。竜崎は言った。

「責任は俺と伊丹が取る。だから臆《おく》せずにできることをすべてやってくれ」

二人の課長が同時にうなずいた。

「わかりました」

18

その日の午後一時過ぎに、滝口から電話があった。

「竜崎です。どうしました」

「梅香楼の呉さんから連絡がありました。今日の午後三時に店に来てほしいということです」

「午後三時ですね。了解しました」

「私も同席します」

「そうしていただけると助かります」

「では、午後三時に……」

竜崎は電話を切った。

伊丹はまだ戻って来ない。午前中に吉村公安部長と会ったはずだ。こんなに話が長引くとは思えない。

部長が登庁するといろいろと用事があるのだろう。真《ま》っ直《す》ぐに戻って来られないのかもしれない。

遅くとも二時には出かけなければならない。伊丹とは入れ違いになるのではないかと、竜崎は思った。

黄梓豪の行方はまだわからない。

目撃情報も、防犯カメラ等の情報も入ってこない。

捜査は早くも停滞しはじめたように見えた。こういうときはじたばたしても始まらないことを、竜崎はよく心得ていた。

捜査にも波があるのだ。進展しないときは、何をしても空回りに終わる。その代わり、一度回りはじめると、どんどん勢いがついていく。

今は我慢のときなのだと竜崎は思っていた。

午後一時四十五分。そろそろ出かける用意をしようと思っていると、伊丹が戻って来た。

「いやあ、参った。昼飯を付き合わされた」

「昼飯？　どこで？」

「グランドアークの『門』だ」

ホテルグランドアーク半蔵門は、警察共済組合の保養施設だが、帝国ホテルグループによって運営されている一流ホテルだ。『門』はその中にある和食レストランだ。

先輩に昼飯を付き合えと言われたら断れないだろう。しかも、こちらから交渉を持ちかけるのだ。昨夜、梅香楼で贅沢《ぜいたく》な夕食を食べたという多少の負い目もある。昼飯に時間を取られたくらいは大目に見ようと思った。

「それで、交渉のほうは？」

「えらい渋い顔をしていた」

「結果は？」

「まあ、待て。順を追って話す」

「出かけなければならないんだ」

「出かける？」

「中華街の顔役から三時に来てくれという連絡があった。県警ＯＢの滝口といっしょに行ってくる」

「ならば、戻ってから改めて話をしたほうがいいな」

「はっきり結論を言わないのは、うまくいかなかったからか？」

「そういうわけじゃない。とにかく、説明が必要だ。取りあえず、中華街に行ってこい」

二時になった。出かけなければならない。

「わかった。じゃあ、行ってくる。戻ってきたら話を聞く」

「ああ」

竜崎は、公用車で中華街に向かった。


梅香楼では、昨日と同じ席に案内された。『清明』の詩が刻まれているテーブル席だ。やはり滝口が先に来ていた。

店は休憩時間中で、客の姿はなかった。呉博文はすぐにやってきた。昨日と同じような形の服を着ているが、色が違う。今日は紺色だった。

「お呼び立てして申し訳ありません」

呉博文の言葉に、竜崎はこたえた。

「いえ、事情を聞かせていただくのですから、お訪ねするのは当然のことです」

呉博文は椅子《いす》に腰を下ろすと、さっそく言った。

「犯罪絡みではありません」

竜崎は尋ねた。

「殺人の被害者のことですね？　彼が誰であるかおわかりだということですね？」

「楊宇軒と名乗っていたそうですね」

「はい」

「昨日あなたは、彼が不法入国かもしれないとおっしゃいました」

「はい」

「では、楊宇軒というのは本名ではないかもしれませんね」

正式に発表する前に、うかつに本名を洩《も》らすべきではないと思ったが、この場では言っても差し支えないと判断した。

「本名は、張浩然といいます。中国語ではチャン・ハオランですね。発音が正しいかどうかはわかりませんが……」

呉博文は、何度かうなずいた後に同じ言葉を繰り返した。

「犯罪絡みではありません」

「張浩然の面倒を見ることを拒否したのは、彼が犯罪者だったからではない、ということですね？」

「その人物が犯罪者だったかどうかは知りません。しかし、我々の仲間が彼を受け容《い》れなかったのは、犯罪が理由ではありません」

「ではどういう理由だったのですか？」

「彼を受け容れることで、ある種のトラブルが生じる恐れがある。我々の仲間は、そう判断したのだと思います」

「ある種のトラブル？　どういうトラブルですか？」

「それは、どう申し上げたらいいか……」

「お話しいただけるとありがたいのですが……」

呉博文は何事か考え込んだ。竜崎は、彼が話しだすのを待つことにした。

「説明してもご理解いただけないこともあります」

「理解できるかできないか、お話を聞いてみなければわかりません」

「日本の方に知られたくないこともあるのです。私たちの恥になるような話もあります。そういうことをお話しするには、あなたを信用する必要があります」

「どうすれば信用していただけますか？」

「互いに信じ合うためには、普通は長い年月が必要です」

「殺人の捜査は一刻を争うのです」

「華僑《かきょう》内部の話を外の人に話すわけにはいかないのです。それによって我々の社会に何か不都合が生じるとなればなおさらです」

これが、板橋課長の言う「華僑の壁」だろう。

なんとかこの壁を突破しなければならない。竜崎がその方策を考えていると、滝口が言った。

「呉さん。私とは長い付き合いですよね」

呉博文は滝口に穏やかな眼差《まなざ》しを向けてこたえた。

「そうですね。長い付き合いです」

「では、私のことは信用してくれていますよね」

呉博文はうなずいた。

「もちろん、信用しています。ですから、こうしてお会いしているのです」

「竜崎部長が信用できる人物であることは、私が請け合います。ですから、話していただけませんか」

この言葉に竜崎は驚いていた。まったく予期していなかった援軍だった。

呉博文は再び、しばらく考え込んだ。やがて彼は言った。

「政治的なことなのではないかと思います」

竜崎は聞き返した。

「政治的なこと……」

「あるいは、思想的なことと言いましょうか……」

「張浩然が政治思想的に問題を抱えていたということでしょうか」

呉博文はかぶりを振った。

「はっきりしたことはわかりません。政治的なことではないかと思った時点で、調べるのをやめました」

「調べるのをやめた？」

「老華僑、新華僑、新新華僑という話をしましたね」

「はい」

「新華僑や新新華僑の中には、本国での政治的な弾圧を逃れて、日本にやってきた者もおります。その数は決して少なくない。彼らは、日本で暮らしていても常に気を弛《ゆる》めることができずにいます」

呉博文は、そこで言葉を切った。竜崎は相槌《あいづち》も打たずに次の言葉を待った。やがて、呉博文は話を続けた。

「そうした人々は、政治的なトラブルを中華街に持ち込まれるのを極端に嫌います。自分たちに問題が飛び火するのを恐れているのです」

「つまり、こういうことですか？」

竜崎は尋ねた。「張浩然が中華街で誰かの世話になることで、政治的なトラブルが持ち込まれる恐れがあった、と……」

「私はそう考えています。しかし、確認を取ることはできません。理由は老華僑と新華僑あるいは新新華僑との溝です。楊宇軒こと張浩然を拒否したのは、新新華僑だということはわかっています。しかし、そのことについて、私が彼らを問いただしたとしても、彼らはこたえてはくれないでしょう」

竜崎はうなずいた。

「わかりました」

「お役に立てたかどうかわかりませんが、お話しできるのは、ここまでです」

「よく話してくださいました。感謝します」

呉博文はすぐに席を立とうとはしなかった。しばらく竜崎を見つめてから、彼は言った。

「なるほど、滝口さんが言われたように、あなたは信用できる方のようだ」

「そうありたいと思います」

「私の言葉も、信用していただいてけっこうです」

呉博文は立ち上がった。

前回と同様に、滝口を公用車で送っていくことにした。行き先は自宅ではなく、教習所だった。

　滝口が言った。

「確実な話を聞き出すことはできませんでしたね」

「犯罪絡みではなく、政治的なトラブル。それがわかっただけでも、大きな前進だと思います」

「そう言っていただくと、気が楽になります」

「あなたの一言がなければ、話を聞くことはできなかったでしょう。感謝します」

　滝口は苦笑を浮かべて言った。

「私は部長に負い目がありますからね」

「負い目……？」

「奥さんのことです」

「ああ、なるほど……」

　やがて、公用車が教習所に到着した。滝口は、車を下りようとしてふと振り返り、言った。

「訂正します」

「何でしょう？」

「負い目があるから言ったわけじゃありません」

彼はそそくさと車を下りてドアを閉めた。そして立ったまま車が出発するのを見送っていた。

公用車が広い教習コースの脇《わき》を通過するとき、もしかしたら、冴子がどこかにいるかもしれないと、竜崎は思っていた。


捜査本部に戻ると、伊丹が竜崎に尋ねた。

「中華街はどうだった？」

田端課長と板橋課長も竜崎に注目している。竜崎はこたえた。

「張浩然が中華街で援助を拒否された理由は、犯罪絡みなどではなく、政治的なトラブルが理由だったようだ」

伊丹が深く息を漏らした。

「やっぱりそういうことか……」

その言い方が気になった。

「やっぱりそういうことかって、それはどういう意味だ？」

「公安は何か知っているんだ」

「何か？」

「そうだ。張浩然殺害についての何かだ」

「それを公安部長から聞き出したんじゃないのか？」

「部長がすべてを知っているわけじゃない。俺だっておまえだってそうだろう。公安ともなればなおさらだ」

公安は、同じ係の同僚がどんな捜査をしているのか知らないこともあるという。刑事では考えられないことだ。

「じゃあなぜ、やっぱりなんて言ったんだ？」

「具体的なことは知らなくても、ある程度の報告は上がるさ。外事二課のことを尋ねたら、吉村部長はえらく嫌な顔をしたんだ」

「それで……？」

「つまり、俺たちに聞かれたくないことがあるということだ。吉村部長に言われたよ。外事二課の件については、訊かないでくれると助かるんだが、と……」

「まさか、おまえはそれを承諾したんじゃないだろうな」

「子供の使いじゃないんだ。はいそうですか、と引き下がれるか。殺人の捜査なのだから、一歩も退《ひ》けないと言ったよ」

「吉村公安部長は何と……？」

「俺は何も知らないから、現場の者に訊いてくれ、と言った」

「それは責任逃れじゃないのか」

「そうじゃない。自分の口からは言えないが、現場の者に言わせるという意味だ」

「やっぱり責任逃れじゃないか。知っているなら自分の口で言えばいい」

「あやふやなことを言いたくないんだろう」

「自分がしゃべったのでなければ、後で何か問題が起きたときに、部下を処分すれば済む。そう考えているんだろう」

伊丹はうなった。

「そうだとしても、文句を言えるか？」

「外事二課の連中が知っていることを教えてくれれば、文句はない」

伊丹はうなずいてから、田端課長に言った。

「そういうわけで、外事二課の二人を呼んでくれ」

「わかりました」

田端課長は即座に電話を取り出した。部下には命じず、自ら電話をかけるようだ。

竜崎は板橋に言った。

「滝口さんは、ずいぶんと役に立ってくれたよ」

板橋は安堵《あんど》した表情で言った。

「そうでしょう」

電話を切った田端課長が言った。

「三十分後に来るそうです」

伊丹が言った。

「ここで話を聞こう」

竜崎はうなずいた。

「そうだな。それがいい」

言葉どおり、外事二課の神山と相葉は三十分ほどで姿を見せた。彼らはまっすぐに幹部席にやってきた。

年上の神山が言った。

「お呼びにより、参上しました」

伊丹が言った。

「吉村公安部長と話をしてきた。訊きたいことがあるなら、現場の者に訊いてくれと言われた。だから、君たちにこたえてもらう」

神山が言う。

「何についておこたえすればよろしいのでしょう」

「張浩然殺害について、知っていることすべてだ」

神山と相葉の二人は、まっすぐに伊丹を見つめたまま黙っている。

伊丹は苛立《いらだ》った様子でさらに言った。

「どうした。なぜ黙っている」

「ここでおこたえするわけにはいきません」

「なぜだ？」

「機密事項だからです。お話しする相手を特定する必要があります」

幹部席にはいつものように、竜崎、伊丹、田端、板橋の四人がいる。町田署署長は席を外していた。

伊丹が言った。

「この四人は捜査幹部だ。話を聞く必要がある」

神山が平然と言った。

「ここは捜査員が出入りします。誰に話を聞かれるかわかりませんので……」

伊丹が苛立ちを募らせている様子だ。このままでは大声を上げかねない。幹部席で怒鳴り声を発するのは好ましくないと思い、竜崎は言った。

「誰が出入りしようと、誰が話を聞こうと構わない。どうせ、私たちが話を聞いたら、それを捜査本部内で共有することになる」

神山が竜崎を見て言った。

「捜査本部全体で共有するのだとしたら、我々は情報を提供することはできません」

「情報は共有しなければ意味がない」

すると相葉が言った。

「そんなことをすると、とんでもないことになりますよ」

一捜査員が部長に対して言う台詞《せりふ》ではない。公安という立場がこういう発言をさせているのだろうと、竜崎は思った。

「とんでもないことというのは、どういうことだ？」

竜崎が尋ねると、相葉はこたえた。

「日本と中国の国家間のトラブルに発展しかねないんです。その責任が取れますか？」

伊丹が驚いた様子で自分のほうを見るのを横目で見ながら、竜崎はこたえた。

「責任を取れというのなら取る。殺人の被疑者を確保し、然《しか》るべき法的措置を取る。それが、私の責任を果たすということだ」

「そういう話ではありません」

相葉が言った。「失礼ながら、認識が少々甘いのではないかと思います」

竜崎は言った。

「中華街の老華僑から、政治的なトラブルが関係していることを聞いている。認識が甘いとは思っていない」

相葉が憤《いきどお》った様子で言った。

「そういう次元の話じゃないんですよ。刑事に対処できる話じゃないんです」

竜崎は譲らなかった。

「殺人の話をしているんだ。刑事に対処できないはずはない」

相葉は怒りの形相で竜崎を見つめている。彼の立場からすると、竜崎たちの要求は理不尽なものに感じられるのかもしれない。

だが、竜崎の側から見ると、外事二課は殺人の捜査の妨害をしているとも言える。これを認めるわけにはいかない。

神山が言った。

「場所を移し、話をする相手を限定していただけないのなら、私たちはこのまま失礼します」

竜崎は言った。

「場所も移動しないし、人数も限定しない。そして、出て行くことは許さない。何も話さずに出ていったりしたら、ここにいる伊丹部長が吉村公安部長のもとに怒鳴り込むぞ。私たちはそれくらいに腹をくくっている」

伊丹は一瞬、驚いたように竜崎を見たが、すぐに外事二課の二人に視線を戻して言った。

「そうだ。おまえら二人がしゃべらないということは、吉村部長が私との約束を破ったということになるからな」

本当は伊丹にそんな度胸があるとは思えない。これははったりに過ぎないのだろうが、効果はあったようだ。

神山と相葉は顔を見合わせた。相葉が苛立った様子で眼をそらした。神山が小さく息をつく。

そして、神山が言った。

「わかりました。お話ししましょう」

19

「その前に、本当に吉村公安部長が、この話をすることを許可したのかどうか、確認させていただきます」

神山は慎重だった。

伊丹が苛立ったように舌打ちするのが聞こえた。竜崎は神山に言った。

「確認が取れるまで話せないということか？」

「はい」

「そうやって、時間を稼いで、のらりくらりと逃げるつもりじゃないだろうな」

「確認はすぐに取れます」

竜崎はうなずいた。

「いいだろう」

「失礼します」

神山は、数歩離れた場所で誰かに電話をかけた。

伊丹がそっと言った。

「まさか、直接吉村部長にかけてるんじゃないだろうな」

竜崎はこたえた。

「いくら公安でも、一捜査員が部長に電話はできないだろう。おそらく、すぐに部長に確認できるシステムが構築されているんだ。刑事部も見習いたいものだな」

伊丹はむっとした顔で言った。

「刑事部だって連絡に滞りはない」

「警視庁のことを言ったんじゃないよ。神奈川県警の刑事部のことを言ったんだ」

「なんだ？　何か面倒なことがあるのか？」

なぜか嬉《うれ》しそうな顔で伊丹が言った。

板橋課長が聞き耳を立てているような気がして、竜崎は言葉を濁した。

「面倒なことなんて何もない。ただ、いろいろと慣れないことがある」

「おまえなら、どんなことでも自分流に変えちまうんじゃないかと思ったがな……」

「何もかもこれからだよ」

神山が戻ってきて、厳しい表情のまま言った。

「部長は許可をしたとは言っていないようです」

「何だって」

伊丹が少々大きな声を出した。「この私が直接話をしたんだ。じゃあ、吉村部長が嘘《うそ》をついたということか？」

神山は平静を保ったまま言った。

「許可はしないが、現場の判断に任せるということのようです」

竜崎は言った。

「それはつまり、許可をしたということじゃないか」

伊丹とも話し合ったことだが、現場に判断を任せれば、責任を取らなくて済むと思っているのかもしれない。

神山がこたえた。

「現場の判断としては、話したくはないのですが、一度お話しすると言った以上、申し上げないわけにはいかないでしょう」

竜崎は言った。

「当然だな。話してもらおう。楊宇軒こと張浩然について、君たちは何を知っているんだ？」

「中華街の華僑から、政治的なトラブルのことをお聞きになったそうですね？」

部長の質問にこたえずに、逆に聞き返すなど、やはり公安でなければできないことだと、竜崎は思った。

「詳しい話を聞いたわけじゃない」

「政治的という言葉に間違いはありません」

「張浩然は何者なんだ？」

「目下、詳細を調査中です」

「調査中？　捜査本部とは別行動で調査しているということか？」

「はい、そういうことです」

神山は悪びれもせずに言ってのけた。

「調査中ということは、ある程度わかっていることがあるはずだ」

「不法入国していたことはわかっています」

「話にならないな」

神山の態度にたまりかねたように田端課長が言った。「そんなことは、とうに承知だ。その程度のことでお茶を濁そうってのか」

神山はまったく表情を変えない。

「我々が知っているのは、むしろ、黄梓豪のほうなんですよ」

田端課長は言葉を呑《の》んだ。

やはり、黄梓豪を尾行・監視していたのは、公安だったようだ。だが、それはなぜなのだろう。竜崎は、神山の次の言葉を待った。

「黄梓豪は、中国国家安全部の局員です。日本国内に潜入して活動を続けていました」

「国家安全部は、中国の情報機関だな」

確認するように、伊丹が言った。

神山がうなずく。

「そうです。自ら情報工作を行う一方で、スパイの摘発なども任務としています」

「黄梓豪はどんな活動をしていたんだ？　スパイだったのか？」

「その恐れがあるので監視していたのですが、実際は、思想犯の取り締まりのようでした」

「思想犯の取り締まり……」

「反国家分子を取り締まるのです」

「一昔前の反革命分子というやつだな？」

「そう。実際は民主化運動家ですね」

竜崎は言った。

「張浩然は来日したときに、中華街の華僑を頼って訪ねていったそうだ。それが拒絶された。華僑の世界ではあり得ないことらしい。犯罪者でさえ匿《かくま》う連中だ。拒否した理由は政治的なトラブルの巻き添えにならないためだったらしいが……」

それを受けて伊丹が言う。

「つまり、張浩然は中国当局にとって好ましくない人物だったということのようだな」

神山が言った。

「黄梓豪は、日雇い労働者として生活する振りをして、同じような仕事をもらいに来る中国人たちを調査・監視していたんです。その網に張浩然がかかったということです」

田端課長が思案顔で言った。

「殺害の手口……。まるで軍隊の特殊部隊の技術のようだと誰かが言っていたな……。黄梓豪がもし、中国情報部の局員だとしたら、当然そういう訓練を受けているだろうな」

神山が「はい」とだけこたえた。

竜崎が田端課長に言った。

「言いたいことはわかる。黄梓豪が張浩然を殺害したのではないかと考えているのだろう」

「当初、黄梓豪は善意の協力者だと思っていました。手配師の山東のもとで通訳を買って出たりもしていたということでしたから……。しかし、今の話からすると、周到に山東に近づいたということでしょう。手配師の近くにいれば、次々と中国人がやってきますから、調査や監視がやりやすいでしょう」

伊丹が言った。

「突然行方がわからなくなったことを考えると、黄梓豪がホシと見て間違いないんじゃないのか」

竜崎は言った。

「俺もそう思うが、ここは慎重になったほうがいい。何より確証が大切だ。そして、黄梓豪の行方を突きとめなければならない」

伊丹が神山に尋ねた。

「黄梓豪の行方を知ってるんじゃないのか？」

神山がかぶりを振った。

「身柄を署に運んでおいて、まんまと取り逃がすとは思ってもいませんでしたので……」

伊丹が神山に言った。

「おい。刑事が無能だと言いたいのか」

「事実を申し上げているだけです」

相変わらず、部長を部長とも思わない態度だ。こいつだって、異動で伊丹の下につくことがあるかもしれないのに……。

竜崎はそんなことを思いながら言った。

「外事二課なら、黄梓豪の足取りに見当がつくんじゃないのか？」

「チェックポイントはいろいろありますが、いずれもチェック済みです」

伊丹が言った。

「そのチェックポイントとやらを、我々と共有してもらう。管理官に教えておいてくれ」

有無を言わせない口調だった。さすがに、神山は何も言い返さなかった。

刑事部長には逆らえないと思ったのか……。いや、そうではないだろう。そのチェックポイントとやらは、たいした情報ではないのかもしれない。だから、捜査本部に教えても問題ないと、彼は判断したのだろう。

伊丹はさらに言った。「外事二課は、今回の事件のからくりを知っているわけか」

「いいえ」

神山が言った。「知っているわけではありません」

「なんだ。意味深な言い方じゃないか。知っているわけではないが、何だというんだ？」

「我々も推理はします」

「推理？　じゃあ、そいつを聞かせてもらおう」

「憶測をお伝えするのは、はばかられるのですが……」

「かまわない。言ってくれ」

神山は、どこから話せばいいか考えている様子だった。やがて、彼は話しだした。

「張浩然は、民主化運動に熱心でした。それが中国当局の眼に留まり、公安部や国家安全部に追われることになります。それで、彼は国外逃亡を計画します。公安部などにマークされている彼は、当然正規のルートでは国外に出られません。それで、密航ということになったのだと思います。おそらく蛇頭などの手を借りて……。その後、そちらのお話からすると、中華街の華僑を頼ったようですね」

「それで……」

竜崎はうなずいた。

「そう聞いている」

「しかし、援助することは拒否された。そういうことですね？」

「そうだ」

「それで、張浩然は何とか仕事を見つけようと、手配師のもとに行くわけです。そこで、黄梓豪が網を張っていた。張浩然はその網にひっかかったわけです」

竜崎は尋ねた。

「もし、黄梓豪が張浩然を殺害したのだとしたら、その理由は何だ？」

「処刑でしょうね」

「処刑……」

「中国当局にとって張浩然は反国家分子、つまり政治犯です。そして、国外逃亡犯でもあります。国家安全部にしてみれば、そういう人物は抹殺するのが当然ということなのでしょう。見せしめの要素もあったかもしれません」

「日本国内で処刑だって？　そんなことが許されるはずがない」

「残念ですが、そういう例は少なくありません。日本国内で中国人が不審死した事件があれば、だいたい中国国家安全部か公安部が絡《から》んでいると見て間違いないでしょう」

「君たちはそれを黙って見ているというのか？」

「黙って見ているわけではありません。我々外事二課は、国内にいる中国の情報員をマークしています。しかしなにぶん、我々の手が足りない」

「手が足りないだって？」

伊丹が言った。「公安はずいぶんと人員が潤沢だと聞いているがな」

「それでも足りないのです。それくらい、各国から情報員が国内に潜入しています」

伊丹がうなるように言った。

「俺たちが問い詰めなければ、黄梓豪の正体を黙っているつもりだったのか？」

神山が伊丹のほうを見た。

「黙っているつもりでした」

それが当然だという口ぶりだ。伊丹は頭に来た様子だ。

「それで、俺たち刑事が必死で捜査する様子を、鼻で笑いながら眺めていたというわけだ」

「そんなつもりはありません。提供できる情報は提供するつもりでした。事実、今ここでお話ししております」

「ふざけるな。私が吉村部長と話をしなければ、ずうっとほっかむりのつもりだったんじゃないのか」

そのとき、若手の相葉が言った。

「刑事部が殺人犯を追うのは勝手です。しかし、公安には公安の役割があることをご理解いただきたいと思います。中国の政治犯が中国司法当局に処分されたということです。それについては高度な判断が必要なのです」

「高度な判断？」

竜崎は尋ねた。「それはいったい、どういうことだ？」

本当にわからなかった。

相葉はひるむ様子もなく言った。

「外交を視野に入れた判断です」

「外交……？　殺人を無視することで、外交の役に立つということか？」

相葉は顔をしかめた。

「国家の安全にも関わることなのです」

「まったく理解できない。殺人犯を野放しにしているほうが、ずっと国家の安全を脅《おびや》かしているんじゃないのか？」

「殺人事件で、国が滅んだりはしません」

竜崎はこの言葉に驚いた。

「公安は優秀だと聞いていたが、どうやらそれは間違いのようだな」

相葉がむっとした顔になる。

竜崎は続けて言った。

「外交を視野に入れた判断だと言ったな？　外交とは何だ？」

相葉はこたえた。

「国家間の交渉です」

「交渉する国家同士は対等の立場でなければならない。それが外交の前提だと思うが、どうだ？」

「おっしゃるとおりだと思います」

「ならば、自国の中で、他国の誰かに好き勝手なことをやらせないことだ」

「は……？」

「張浩然を殺害した犯人を何が何でも捕まえなければならないということだ。でなければ、舐《な》められる」

「舐められる……？」

「立場が逆だったらどうか、考えてみろ。君が中国に潜入して、日本人の犯罪者を密《ひそ》かに処分したとする。それを察知した中国の司法当局が黙っていると思うか？」

相葉は思わず神山の顔を見ていた。おそらく助けを求めているのだろう。だが、神山は無言だった。

竜崎はさらに言った。

「中国当局は絶対に見逃したりはしないだろう。どうだ？」

神山がこたえた。

「おっしゃるとおりだと思います」

「こちらが中国政府の事情だの、当局の思惑だのを勝手に推し量って、彼らのやりたいようにやらせているのだとしたら、それは間違った判断だろう。それが高度な判断だとは、とうてい思えない」

「しかし……」

相葉は言った。「我々が中国の事情に介入することはできません」

竜崎は、思わずぽかんとした顔になってしまった。相葉が言ったことにあきれてしまったのだ。

「殺人事件の解明が、どうして中国の事情に介入することになるんだ？」

「政治犯を処分するというのは、デリケートな問題でしょう」

「相手の国の判断をデリケートなんて言っていたら、外交などできない。繰り返すが、外交の前提は双方の国が対等なことだ。相手の国と同じ価値観を持っている必要もない。日本は民主主義国家だ。その判断をぶつけてやればいい」

「部長は中国という国をご存じないのです」

「ああ、知らない。だが、日本のことは知っている。こちらの価値観と立場が何より大切なんじゃないのか？」

「相手のことを知らなければ、戦いになりません」

「それが外務省や君たち外事警察の弱点だ」

「弱点？」

「そう。担当している対象国のことに詳しくなるにつれ、だんだんとそちらに肩入れしたくなるんだ。外務省のチャイナスクールがかつてずいぶんと批判されただろう。対象国の顔色をうかがうことはうまくなるが、肝腎の日本の立場がおろそかになる」

「そんなつもりは……」

竜崎は相葉の言葉を遮って言った。

「日本の犯罪捜査は属地主義だということを知っているか？」

相葉は目を瞬《しばた》いた。

「ええ。自分も警察官ですから、もちろん知っています」

「つまり、どこの国籍であれ、日本国内で罪を犯した者には、日本の刑法が適用されるということだ」

相葉は何も言わない。

竜崎は言った。

「日本が他国との交渉で同じテーブルに着くためにも、国内の犯罪に対して断固とした態度を取ることが重要だろう」

相葉と神山は、再び顔を見合わせた。

神山が言った。

「高度な判断という言葉は誤りだったと思います。我々は心配だったのです」

竜崎は聞き返した。

「心配？　何が心配なんだ？」

「我々は日頃、細心の注意を払って、中国の情報員たちを監視しています。そうして作り上げたネットワークは貴重な情報源です。刑事の捜査がそれを台無しにしてしまうのではないかという心配です」

「触れていいものと触れてはいけないものを、ちゃんと教えてくれなければ、うっかり触ってしまうこともある。だから、公安からの情報が必要なんだ」

神山と相葉はまた顔を見合わせた。互いに何事かコンセンサスを取ろうとしているようだ。

神山が竜崎と伊丹を交互に見て言った。

「捜査本部では、黄梓豪を被疑者と断定するのですか？」

今度は、伊丹と竜崎が顔を見合わせる番だった。

伊丹が言った。

「まだ断定するわけにはいかない。疑いはあるものの、確証が何もない」

竜崎は補足するように言った。

「伊丹部長が言うとおりだ。だが、俺は黄梓豪が犯人だと考えている。彼が犯人ならば、話の辻褄《つじつま》がすべて合う」

神山が言った。

「外事二課でも、黄梓豪の行方を追っています」

「その情報が必要なんだ」

「わかりました」

「それなら、黄梓豪についてそちらが知っていることを教えてほしい。年齢、日本の住所、本国の住所、家族構成、交友関係、すべてだ」

「了解しました」

伊丹が神山に言った。

「君たちとは二十四時間いつでも連絡を取れるようにしておきたい」

「我々二人は、ここに詰めることにします」

田端課長がつぶやくように言った。

「最初からそうしてくれればよかったのに……」

伊丹がその田端課長に言った。

「彼らの席を用意してくれ」

それを受けて、田端課長が岩井管理官を呼んだ。

20

岩井管理官は、神山と相葉を胡散臭《うさんくさ》げな表情で見ていた。だが、田端課長から話を聞くと、たちまち驚いた顔になった。

「え……。黄梓豪が被疑者ですか……」

田端課長が言った。

「まだ被疑者と断定されたわけじゃない。重要参考人だ」

「それにしても、中国の情報員とは……。国家安全部ですか？　それ、どういう機関なんです？」

その問いにこたえたのは、神山だった。

「一九八三年七月にできた情報機関です。全国に国家安全局を配置してその統括をしています。主に、スパイの監視や摘発を任務としています」

「それが、政治犯を捕まえたりするのか？」

「第九局という部署が、国内の反動組織の監視と告発を任務としています。その部署は、公安部への対抗心が強くて、常に張り合っているとも言われています」

「公安部……」

「日本の公安部とは違いますよ。中国の公安部は警察の元締めです。かつての内務省警保局のようなものです」

警保局の保安課は、悪名高い特別高等警察、いわゆる特高の元締めだった。そして、同様に図書課は、ありとあらゆる書物の検閲をやった。

神山の「警保局のようなもの」という言葉は、その組織形態だけでなく、やっていることも当時の警保局と同様だという意味だろう。

中国では今でも民主化を叫ぶ人々や異民族を弾圧している。最近では、中国の経済発展ばかりが取り沙汰《ざた》され、あの国の本質から眼をそらされているという気がする。

マスコミは北朝鮮のことは非民主的で独裁国家だと批判するが、中国のことはあまり言わない。だが、実情は北朝鮮も中国もまったく変わらないのだと、竜崎は思っている。天安門事件の衝撃はいまだに忘れられない。

さらに神山の説明が続いた。

「中国には敵偵処という日本の公安のような組織があります。一九八三年以降、この敵偵処の指揮権が、公安部から国家安全部に移りました。つまり、公安に関する実権を国家安全部が握ったのです。しかし、その後も敵偵処の指揮権が公安部に残っており、どういうわけか九〇年代には、公安部が海外にも情報員を派遣するほどの大組織になってしまったのです。任務が重なる部分が多いので、公安部と国家安全部は何かと衝突することが多いのです」

岩井管理官が言った。

「何となく、話はわかりましたが……」

田端課長が言った。

「捜査員に事情を説明してくれ」

「黄梓豪が国家安全部の局員だということを伝えてもいいんですか？」

「正確な身分を伝える必要はない。中国の政府関係者とでも言っておけば……」

その田端課長の言葉に対して、竜崎は言った。

「いや、そういうことは正確に伝えておいたほうがいい。でないと、捜査員の間に妙な憶測を呼ぶ恐れがある」

田端課長はうなずき、岩井管理官に言った。

「聞いてのとおりだ」

岩井管理官は不安げに言った。

「箝口令《かんこうれい》を敷くべきでしょうね」

伊丹が言った。

「当然だ。絶対にマスコミに洩《も》らすな」

岩井管理官が言った。

「了解しました。徹底します」

田端課長が言った。

「以上だ。すぐに捜査員に連絡してくれ」

「はい」

「あ、それから、この二人の席を用意してくれ」

岩井管理官は神山と相葉を見て言った。

「では、管理官席に……」

岩井管理官が二人を連れて席に戻った。

その姿を見ながら、竜崎は言った。

「しかし、いつまで秘密にできるかな」

伊丹は難しい顔でこたえた。

「事情をちゃんと説明しないと、マスコミや世間は納得しないな……」

竜崎は、今管理官席に行ったばかりの神山と相葉を呼び戻した。

二人はすぐにやってきた。神山が竜崎に尋ねた。

「何でしょうか？」

竜崎は言った。

「黄梓豪が中国の情報機関の局員だということを、発表すべきかどうか考えている。意見を聞きたい」

「意見……？」

神山が言った。「自分らは、意見を述べるような立場にありません」

「ホシを挙げたときに、その素性や犯行の動機を詳しく伝えないと、マスコミが納得しない」

「マスコミのことなど考慮する必要はないと思います」

「公安はそうでも、我々はそうはいかない。それに、国民に対して隠し事をすべきではないと思う」

神山が眉《まゆ》をひそめる。

「国家間のインテリジェンスについては、国民に知らせる必要はないと思います。どの国でも機密になっているはずです」

この場合のインテリジェンスは、知性ではなく諜報《ちょうほう》という意味だ。

「それでもできるだけ知らせるべきだと思う。国家が国民に知らせたくないことが多ければ多いほど、その国は民主主義から遠のく。私は日本をそういう国にしたくない」

神山が戸惑ったような表情で伊丹を見た。

伊丹が言った。

「こいつの真意を計りかねているようだな。無理もない。だがな、こいつは百パーセント本気だぞ」

神山が、竜崎に眼を戻して言った。

「私には判断できません。世間に知らせることが正しいことなのか、間違ったことなのか……」

「判断しろとは言っていない。意見を聞きたいと言ってるんだ。私たちは、中国の情報機関の実情などほとんど知らない。黄梓豪の正体を日本のマスコミが報じたらどういうことが起きるのか、正確に思い描くことができない。君たちはそういうことに精通しているはずだ」

神山は困惑の表情だ。彼が何も言わないので、竜崎は重ねて言った。

「どうした。何か言ってくれ」

「すいません。意見を言えと言われたことなどあまりないので、何を言っていいのか迷っておりました」

「迷うことはない。思ったとおりのことを言えばいいんだ」

「マスコミには発表すべきではないと思います。繰り返しますが、国のインテリジェンスに関しては、どの国も機密にしているのです」

「それは君の意見か？　それとも、公安としての発言か？」

「公安マンとしての意見です」

竜崎はかぶりを振った。

「それでは本当のことがわからないんだ」

「本当のことがわからない……？」

「それぞれの立場でものを言っていては、話は平行線のままだ。だから、経験を踏まえた君自身の意見が聞きたい」

それまでずっと無表情だった神山が、すっかり驚いた顔になっていた。

「いや、それは……」

「公安では……、いや、警察ではタブーだと言いたいのだろう。たしかに、警察の原則は上意下達だ。下の者は命令に従わなければならない。だが、意見を言い合うことも重要だと私は思っている。有効な意見ならば、私は耳を傾ける」

神山は再び、伊丹のほうを見た。どうしていいかわからないのだろう。

伊丹が言った。

「言いたいことを言えばいい。私はともかく、竜崎は聞くと言っている」

神山は相葉の顔を見た。相葉もすっかり困り果てている様子だ。

やがて神山が言った。

「自分らを困らせるためにおっしゃっているのではないのですね？」

「そうじゃない」

「では、何かのテストでしょうか」

「違う。君の意見を参考にしたいんだ」

「では、申し上げます。黄梓豪が中国国家安全部の局員であることを公表すべきだと思います」

相葉が驚いたように神山を見た。神山は竜崎のほうを向いたまま、言葉を続けた。

「そして、張浩然はなぜ殺害されたのか、全容を解明して発表すべきです」

相葉がうろたえた様子で言った。

「あの……。そんなことを言っていいんですか」

神山は相変わらず竜崎のほうを見ていた。

「自分は竜崎部長のお話で、ようやく外事警察の仕事について腑《ふ》に落ちた気分です。おっしゃるとおり、いつしか自分は中国の事情ばかり考えていたようです。大切なのは日本の立場と価値観というお言葉で、目が覚めました」

「黄梓豪の身分、そして、張浩然殺害の経緯や動機を発表すると、どういうことが起きると思う?」

「まず、マスコミは大騒ぎでしょう。中国のエージェントが日本国内で殺人事件を起こしたのですから……。さらに、それが政治犯の処刑だったということになったら、中国への非難の声も高まるでしょう」

「それは、公安としては望ましくない事態なのではないか?」

「部長からお話をうかがうまでは、自分はそう考えていたと思います。しかし、それは浅はかな考えであることがわかりました。民主国家として、言論の弾圧を見て見ぬ振りはできない。はっきりとそういう態度を示すことが、外交の第一歩でしょう」

「属地主義だから、国内の刑法犯は誰であれ検挙して法で裁く。ただそれだけのことだ」

「中国に舐められないこと。それが大切だとおっしゃいました。そのお言葉は正しいと思います」

竜崎は、相葉に尋ねた。

「君はどう思う？」

「あ、いや、自分は……」

「普段は刑事よりも高度なことを考えているのだろう？ その高度な意見を聞かせてくれ」

相葉はすっかり毒気を抜かれた様子で、ただうろたえている。

伊丹が言った。

「今のは、ただの厭味《いやみ》だ。こいつは、堅物に見えるがたまに今のようなたちの悪い冗談を言う」

相葉は言った。

「他国の人間が、日本国内で好き勝手やるのは許せません。ましてや、政府機関の職員が人を殺すなど……」

竜崎は尋ねた。

「では、君もすべてを公表すべきだと思っているんだね？」

「ただし……」

「ただし？」

「もし包み隠さず報道したら、中国は猛反発するでしょう。事実を一切否定し、逆に日本を非難してくるに違いありません。よほどしっかりした証拠を提示しないと……」

竜崎は言った。

「そのためにも、君たちの協力が必要なんだ」

神山が言った。

「わかりました。まずは黄梓豪の発見に全力を尽くします」

竜崎と伊丹がうなずくと、神山たちは礼をして管理官席に戻った。

二人が去ると、伊丹が言った。

「たいしたもんだ。あの神山をすっかり手なずけてしまったな」

「別に手なずけたつもりはない。本音を聞きたかっただけだ」

「おまえは本当に不思議なやつだ」

「不思議でも何でもない。そんなことより、おまえの判断はどうなんだ？」

「俺の判断？」

「すべてを公表するかどうかの最終的な判断はおまえがすることになるんだ」

「おい、おまえだって刑事部長だろう。俺に押しつけるのか？」

「警視庁主導の事案だ」

伊丹は大きく溜《た》め息をついた。

「外事二課の若いほうが言ったとおりだ。証拠をがっちり固めないと、えらいことになるぞ」

「そんなのはわかりきっている。起訴、そして公判のためにも証拠は必要なんだ」

「あの二人の意見は、公安部の意見じゃない」

「公安部長は、公表に反対するというのか？」

「反対するだろうな。中国が気に入るような筋書きにすれば、日中関係に影響することはないだろう」

「だが、それだと中国の思うがままだ。それに、属地主義の原則を曲げることになる」

「ホシは挙げるよ。ただ、別なシナリオを用意するというだけだ」

「それでは事件の解決にならない」

「俺がそうしようと思っているわけじゃない。公安部長ならそう言うだろうという話だ」

「ならば、もう一度会って話し合ってこい」

伊丹が時計を見た。

「六時半か。今から会えるかもしれない」

「すぐに会いに行くんだ」

「おまえにも来てもらう」

竜崎は驚いた。

「なんで俺が……」

「おまえが必要なんだよ」

「どうして？　警視庁の刑事部長と公安部長が話し合えば済む話だ」

「どうしてかわからないが、おまえが必要だという気がするんだ」

「捜査本部はどうするんだ？」

「課長が二人いるんだから、任せておけばいいだろう」

それを聞いて田端課長が言った。

「ここはだいじょうぶです」

伊丹が言った。

「いいな。じゃあ、吉村公安部長に電話するぞ」

伊丹が携帯電話を取り出した。

驚いたことに、吉村公安部長は、町田の捜査本部に来てくれるということだった。向こうから足を運んでくれるとは思わなかった。

伊丹は応接室を使えるように、係員に指示した。

竜崎は言った。

「別に応接室でなくてもいいだろう」

「わざわざ来てくれるんだから、敬意を表さないと……」

「一期上といっても同じ部長だ。そんなに気を使うことはないだろう」

「そりゃそうだが……」

伊丹は吉村部長が本当に苦手らしい。結局、応接室で会うことになった。さらに伊丹は、食事を用意すると言いだした。

食事などしている場合かと竜崎は思ったが、どうせ何か食べなければならないのだ。伊丹に任せることにした。

午後七時十五分頃、吉村公安部長が到着した。すぐに応接室に案内した。

竜崎と伊丹が駆けつけると、吉村部長は言った。

「応接室なんかじゃなくていいのに。捜査本部でも話はできる」

伊丹が言った。

「込み入った話になるかもしれないと思いまして……」

「まあいい」

「竜崎はご存じですね？」

「もちろん知っている。警察庁の長官官房から所轄《しょかつ》の署長に異動し、今度は神奈川県警だったな」

竜崎はただ「はい」とこたえた。

そこに、いかにも高級そうな仕出し弁当が運ばれてきた。それを見た吉村部長が、驚いた顔で言った。

「食事を用意したのか」

「まだ夕食を召し上がっておられないと思いまして……」

「帰ってから食べると妻に言ってあるんだが……」

「すいません。私、妻がいないもので、余計な気づかいだったかもしれません」

「そうか、別居してるんだったな。まあ、せっかくだからいただこう」

三人は弁当を食べはじめた。食事をしながら吉村部長が言う。

「外事二課のことか？」

「はい」

伊丹がこたえた。「神山と相葉の二人から話を聞きました」

「じゃあ、事情はわかったんだな」

「わかりました」

「なら、今さら私と会う必要はないだろう」

「被疑者の身柄確保後のことについてご相談したいと思いまして……」

「殺人事件だからな。刑事に任せる。適当な筋書きを用意してくれ」

吉村部長は、それがあたかも当然のことだという言い方をした。公安部は、国家の陰の動きはすべて秘匿《ひとく》するという方針なのだろう。

伊丹が言った。

「その点について相談したいのです」

「その点？　どの点だ。まさかシナリオを公安で作れというんじゃないだろうな」

「いえ、そういうことではなく……」

「なんだ。言いたいことがあったら、はっきりと言ってくれ」

伊丹が言いづらそうにしているので、竜崎が言った。

「事実をありのまま公表しようと思っています」

吉村部長が箸《はし》を停めて、無言で竜崎を見つめた。

21

吉村公安部長が尋ねた。

「それはどういう意味だね」

「言ったとおりの意味です」

竜崎は食事を続けたまま言った。

「外事二課の捜査員から話を聞いたと言わなかったか？」

竜崎はこたえた。

「聞きました」

「聞いたが、理解はしていないということか……」

「理解はしているつもりです」

「ならば、事実をありのままに公表する、という考えなど浮かばないはずだ」

「いえ、普通に浮かびましたが」

吉村部長は伊丹を見て言った。

「噂《うわさ》どおり、この人はかなり変わっているようだね」

「はあ……。それは間違いありませんが……」

「事実をそのまま発表するなんてことは、あり得ない」

竜崎は尋ねた。

「どうしてでしょう？」

吉村部長が箸を置いた。すでに弁当はあらかた片づいていた。

竜崎も食事を終えた。

「君もキャリアなんだから、情報のコントロールについて、少し学んだほうがいい」

「では、ご指導ください。今回の件は、なぜ秘匿する必要があるのですか？」

吉村部長は聞き分けのない子供を見るような顔で言った。

「中国の諜報員が、日本国内で中国人民主化運動家を殺害したんだ。それを日本が勝手に報道することはできない」

「どうしてできないのでしょう」

「わからんのか？」

「ええ。わかりません」

「あきれたもんだ。それでよく部長がつとまるな。いいか。これは中国の秘密任務だ。それを暴《あば》いたりしたら、日本政府は中国から強く非難されることになる」

「非難させておけばいいでしょう」

吉村部長が眉をひそめた。

「何だって？」

「非難するのは中国の勝手です。そんなものを恐れて、やるべきことをやらないのは恥ではないですか」

「恥だって……？」

「そうです」

吉村部長は、むっとした顔になった。

「それを外務省の連中に言えるか？」

竜崎は平然とこたえた。

「もちろん言えます」

吉村部長は唖然《あぜん》とした。それから、苛立《いらだ》たしげに伊丹に言った。

「噂の竜崎が、こんなばかとは思わなかったぞ」

伊丹が言った。

「ええ……。たしかに、ばかです。いい意味でも悪い意味でも……」

「いい意味だって？　どういうことだ？」

「この男には『たてまえと本音』という概念がありません。すべて本音なのです。そして、その本音は原理原則に沿っているのです」

「誰だって、本音とたてまえを使い分けているんだ。それが大人というものだろう」

「ですから、竜崎にはそれがないのです」

吉村部長があきれた顔で竜崎を見た。

「そんなことではキャリア官僚はつとまらん」

竜崎はこたえた。

「これまでつとめてきました。これからもつとめていけると思います」

吉村部長は鼻白んだ表情になった。

「とにかく、そのまま発表するなど、もってのほかだ。何かもっともらしいストーリーを考えるんだ」

ここで、外事二課の神山と相葉に言ったことをもう一度繰り返さねばならないのか……。竜崎がそう思ったとき、伊丹が言った。

「刑事部としては、事件の全貌《ぜんぼう》を明らかにし、それを発表することが最良の方法と考えます」

吉村部長は驚いた顔を伊丹に向けた。

「君までそんなことを言うのか」

「マスコミを欺《あざむ》いて、万が一それが暴露されるようなことがあったら、それこそ取り返しがつかない騒ぎになります」

「ばれないようにするんだ。それが情報のコントロールだ」

「竜崎が言ったとおり、隠す必要はないでしょう。中国政府がいったい何をやっているのか、報道で明らかにすべきでしょう」

「報道で明らかにするだと？　おまえはアカか？」

竜崎は、驚きのあまり、つい聞き返してしまった。

「どうしてアカということになるのでしょう？」

「言論の自由だの、報道の自由なんてのは、アカが言いそうなことだ」

今どきアカはないだろうと、竜崎は思った。だが、似たようなことを言う警察官が少なくないことは事実だ。「絶対に朝日新聞など読まない」と公言する者もいる。それが警察の体質だ。

竜崎は言論の自由は大切だと本心から思っている。そして、そう思っている警察官や警察官僚だっているはずだ。

言論の自由に、右も左もない。それは本来人間が持つべき権利、つまり、基本的人権だ。吉村部長はそんなこともわからないのだろうか。

近代的なものと古い体質が共存しているのが警察だ。だが、頭が古い連中が上に立つとろくなことにならない。

竜崎は言った。

「我々刑事部の決定を、公安部に左右される理由はありません」

吉村部長が言った。

「なら、どうして私に連絡してきたんだ？」

「意見を伺おうと思ったのです」

「意見なら言った。そして、それはただの意見じゃない。警察としての方針だ。私の言うことに従ってもらう」

「我々は最善の策を選択します」

「話はこれまでだ。いいか。重ねて言う。中国人諜報員の活動を暴露するなどもってのほかだ。世間が納得するシナリオを作れ」

吉村部長は立ち上がり、そのまま部屋を出ていった。

しばらく閉じたドアを見つめていた伊丹は、ぐったりと背もたれに体を投げ出した。

「やっぱり思ったとおりの反応だったな……」

竜崎は言った。

「おまえが、吉村部長のことを苦手だと言っている理由がわかったような気がする」

「たまにいるんだよな、ああいう幹部が。当たりは柔らかなんだが、思いっきり頑固なんだ。応接室や弁当のことだってそうだ」

「応接室や弁当？」

「ああ。口では必要ないなんて言っていたが、そういう気配りをしないと、とたんに機嫌が悪くなるんだ」

「たった一期上だというだけのことだ。そんなに怖がることはないだろう」

「別に怖がってなんかいないさ。ただ、苦手なだけだ」

伊丹は苦手な相手にぶつかっていくような性格ではない。できるだけ関わらないようにするのが彼の処世術だ。

それは別に悪いことではないと、竜崎は思う。わざわざ争いの種を作る必要はない。ただ、言うべきことを言わずに逃げて回るのは感心しない。

「まあいい。こちらの意向は伝わったはずだ。筋を通したんだから、問題はないだろう」

伊丹が驚いた顔で竜崎を見た。

「筋を通したから問題はないだと？　黄梓豪のことをマスコミに発表するということか？」

「もし、彼が殺人犯なら、そうすべきだ。さっき、おまえもそう言ったじゃないか」

「ひょっとしたら、吉村部長が折れてくれるんじゃないかと思ったんだ。だが、甘かったな……」

「公安捜査員も俺たちもすっかりその気になっているが、大切なことを忘れてはいけない。まだ黄梓豪が犯人と決まったわけではない。確証が必要だ」

伊丹がソファにもたれたまま言った。

「黄梓豪が犯人でなければいいのにとさえ思うよ」

「その場合は、捜査は一からやり直しだ」

伊丹が上半身を起こした。

「さて、捜査本部に戻るとするか。なんとか確証を見つけなければならない」

竜崎はうなずき、立ち上がった。

「俺は必要なかったんじゃないか？」

伊丹も立ち上がり、聞き返した。

「何だって？　何のことだ？」

「吉村部長との話し合いに、俺が必要だと言っただろう。だが、おまえはちゃんと部長に対して言いたいことを言った」

伊丹は肩をすくめた。

「おまえがいたから言えたんじゃないのか？」

そして彼は、さっさと応接室を出ていった。


二人が捜査本部の幹部席に戻るとすぐに、田端課長が言った。

「逮捕状が取れ次第、黄梓豪を指名手配してはどうかと話し合っていたところです」

伊丹が尋ねた。

「逮捕状が取れると思うか？」

田端課長が顔をしかめた。

「まだ無理でしょうね。現段階では、黄梓豪は参考人に過ぎませんので……」

伊丹が言った。

「重要参考人だろう」

「はあ、そういうことです」

「一度、身柄を取っておいて、逃げられたのは大きいな……」

竜崎は言った。

「今さらそんなことを言っても始まらない。防犯カメラの映像とか、何か手がかりはないのか?」

田端課長がこたえた。

「今、近所の防犯カメラの映像データを入手して、SSBCで解析をしてもらっています」

そこに岩井管理官がやってきて告げた。

「山東喜一さんから、電話が入っています。何でも、黄梓豪の立ち寄り先に心当たりがあるとか……」

伊丹が尋ねた。

「今さら、か……。二度も事情聴取しているんだろう?」

岩井管理官がこたえた。

「黄梓豪が中国の諜報機関のエージェントかもしれないという情報を持って、捜査員が改めて訪ねたのです」

「ならば、その捜査員に話してもらえばいい」

「山東さんは、竜崎部長と話をしたがっているということです」

竜崎は驚いた。

「俺と……？」

「はい。電話がつながっています」

竜崎は机上の受話器に手を伸ばした。

「はい、竜崎です」

「ファン・ズハオが、中国の諜報員だったというのは、本当のことですか？」

「電話でそういう質問におこたえするわけにはいきません」

「では、これからそちらにうかがいましょう」

「またご足労いただけるということですか？」

「ちゃんと犯人を捕まえてもらわないと、あらぬ疑いをかけられたりしますからね」

「なるほど……。では、何時頃いらしていただけますか？」

「これからすぐに出ます。おそらく三十分以内に着けると思います」

「待ってます。捜査本部に来てください」

「わかりました」

竜崎は受話器を置くと、伊丹が言った。

「こっちに来るのか？」

「三十分以内に来るはずだ」

ふと、伊丹が考え込んだ。

「こうなると、山東もなんだか怪しいような気がしてくるな」

「山東が……?」

「善意の協力者だと思っていた黄梓豪が中国の諜報員だったんだ。山東だって疑おうと思えば疑える」

「どういう疑いだ……?」

「そうだな……」

伊丹は考えながら言った。「もともと黄梓豪の仲間だったと考えることもできる」

「中国のエージェントだということか?」

伊丹と竜崎の会話に、田端と板橋が聞き耳を立てているのを意識しながら、竜崎は言った。

伊丹がこたえた。

「そう考えれば、山東という苗字《みょうじ》もなんだか、コードネームみたいじゃないか。山東省と同じ字だ」

「どうだろうな……」

「黄梓豪のほうから接近したことを考えれば、他にも考えられることはある」

「どういうことだ？」

「山東は日本側のエージェントだということだ」

「日本側のエージェント……？」

「日本で国際的に通用力のある諜報組織といえば、公安だ。日本のエージェントということは、つまり公安マンだということだ」

「山東が公安の捜査員だというのか？」

「そうであっても不思議はない」

竜崎はしばらく考えていた。

山東は、正しいことをするために、今の暮らしを選択した。それは、驚くほどの潔《いさぎよ》さだ。普通なら何としても弁護士の資格にしがみつきたくなるはずだ。

その潔さが不自然と言われれば、そうかもしれない。だが、と竜崎は思った。実際に会って話をしてみると、疑いなど微塵《みじん》も感じなかった。

竜崎は言った。

「俺の眼に狂いがなければ、山東に怪しいところはない」

「まあ、その言葉を信じたいが……」

「そうだな。俺の眼とか勘など、何の証拠にもならない。そういうことは、専門家に訊《き》いたほうがいい」

竜崎は、管理官席にいる神山を呼んだ。すると、相葉もついてきた。

「何でしょう？」

神山が言ったので、竜崎は質問した。

「手配師の山東は、君たちの仲間じゃないね？」

「は……？」

神山がきょとんとした顔になり、それから隣の相葉と顔を見合わせた。

竜崎に眼を戻すと、彼は言った。

「手配師ですか……？」

「被害者の張浩然が、中華街で援助を断られた後、彼を頼ったんだ。黄梓豪が通訳として山東に便宜を図っていた」

神山はかぶりを振った。

「いえ、聞いたことがありません」

「では、山東は中国のエージェントでも日本のエージェントでもないと考えていいんだな？」

「そう思います」

すると伊丹が言った。

「公安ってのは、他の捜査員がやっていることはわからないと言うじゃないか。徹底した秘密主義なんだろう。あんたの知らないところで、潜入捜査をやっていたのかもしれない」

「黄梓豪を追っていたのですから、当然周辺のことは洗います。潜入捜査をやっている者がいたら、当然その情報が入ってくると思います」

伊丹がさらに尋ねた。

「山東のことを洗ったことはあるのか？」

「いえ……。必要なら洗いますが……」

伊丹がうなずいた。

「やってくれ。あらゆる疑いは取り除いておかなければならない」

「わかりました」

神山が竜崎を見た。竜崎は言った。

「以上だ」

神山と相葉が礼をして管理官席に戻っていった。

相葉がすぐにどこかに出かけていった。神山は電話をかけている。二人はさっそく山東のことを調べはじめたのだろう。結論が出るまでにどれくらいかかるだろう、と竜崎は考えていた。

そもそも竜崎は山東に何の疑いも抱いていなかったのだが、伊丹の言葉でなんだか気になってきた。

警察官は疑うのが仕事だという者がいる。たしかにそのとおりだが、何を信じていいかわからなくなる恐れもある。

慎重なのはいいが、疑心暗鬼はいけない。山東には、できるだけ前回と同様に接したい。そんなことを考えているうちに時間が過ぎていった。

山東が捜査本部の出入り口に姿を見せた。

22

今回は込み入った話でもないので、会議室などは使わず、捜査本部内で話を聞こうと思った。

管理官席に椅子《いす》を用意してもらい、そこに山東を案内した。竜崎が管理官席に移動しようとすると、伊丹や課長たちも腰を上げようとした。

竜崎は言った。

「おい、部長や課長で彼を取り囲むつもりか。山東さんは、俺に話があると言ってるんだ。とりあえず、俺だけで話を聞く」

伊丹が言った。

「みんなで話を聞いたほうが手っ取り早い」

「一般人が受けるプレッシャーのことも考えてくれ」

伊丹は仏頂面《ぶっちょうづら》で言った。

「わかったよ」

山東は、机の島の一番端に用意された椅子に腰かけていた。岩井管理官や神山から離れた場所だ。竜崎はその近くの椅子に腰かけて言った。

「ご足労いただき、すいません」

「いやあ、話を聞いて驚きました。ファンはいいやつだったんですがね……」

「黄梓豪の立ち回り先に心当たりがおありだということですが……」

「彼は自宅以外に、もう一つ部屋を借りているようなんです」

「それは、どこですか？」

「横浜の福富町にあるアパートです」

「住所はわかりますか？」

山東は小さな紙切れを差し出した。竜崎はそれを受け取った。住所が記されていた。

竜崎はすぐに岩井管理官と板橋課長を呼んだ。

「ここに黄梓豪が潜伏している可能性がある」

板橋課長がメモを見て言った。

「イセザキ・モールの近くですね。福富町の中でも特にヤバいあたりです。まるで香《ホン》港《コン》みたいに勝手に建て増ししたアパートが並んでいます」

岩井管理官が言った。

「すぐに手配します。ガサ状取りますか？」

竜崎は言った。

「待ってくれ。黄梓豪が被疑者だとは、まだ断定できないんだ」

「あの……」

山東が竜崎に声をかけた。竜崎は言った。

「何でしょう？」

「まさかファンに疑いがかかるなんて思ってもいなかったので、黙っていたのですが……」

山東は言い淀《よど》んでいる。

「どんなことでも、話してください」

「遺体が発見された日の前夜、ファンは間違いなく、被害者のユシュエンといっしょにいました」

「それは間違いありませんか？」

「はい。その夜、用があって福富町に行き、彼らを見かけたのです。もう一人、中国人がいっしょでした」

「もう一人、中国人が……？　その人の名前は？」

「ウー・ジュンシー」

「どんな字を書くのですか？」

竜崎が机上にあったメモ用紙を差し出すと、山東は「呉俊熙《ごしゅんき》」と書いた。

「何者です？」

「やはり、仕事を求めて私のところにやってくる労働者です。ファンを慕っているらしく、いつもいっしょにいたのですが……」

呉俊熙は住所不定だが、どうやら彼も福富町あたりを根城にしているらしいということだ。

「写真はありますか？」

「はい」

山東はスマートフォンを取り出してスナップ写真を表示した。その写真を竜崎の携帯に送ってもらった。

竜崎は、神山を呼んで言った。

「この人物に心当たりはあるか？」

メモと写真を見た神山が言った。

「いえ。我々の記録にはありません。一般人ですね」

きっぱりと言い切るのは、さすがに外事二課だと竜崎は思った。

「それと……」

神山が言った。「相葉と二人で調べましたが、問題ありません」

山東のことだ。竜崎はほっとして言った。

「わかった」

神山が席に戻ると、山東が言った。

「ウー・ジュンシーなら、おそらく、ファンとユシュエンの間で何があったのか、知っているのではないかと思います」

竜崎は言った。

「ご協力ありがとうございます。すぐに手配します」

山東が何か言いたそうにしている。竜崎は尋ねた。

「まだ、何か……？」

「もっと早く証言すべきだったと思います。私は保身のためにこれまで黙っていました」

「あなたの立場は理解しているつもりです。警察に労働者のことをぺらぺらしゃべると、信頼が得られなくなるのでしょう」

「そうですね……。本来ならウー・ジュンシーのことも言いたくはありませんでした」

「しかし、結局は話してくださいました。私はその結果が重要だと思います」

山東は無言だった。

竜崎は言った。

「つかぬことをうかがいますが……」

「は……？」

「山東さんというのは、本名ですか？」

山東はきょとんとした顔になった。

「そうですが、何か……？」

「いえ、いいんです。何でもありません。ご協力、感謝します」

やがて山東は立ち上がり、礼をすると出入り口に向かった。

竜崎は会釈《えしゃく》をしてから立ち上がり、幹部席に戻った。すぐに岩井管理官と神山がやってきた。

竜崎は岩井管理官に言った。

「やはり、黄梓豪は横浜市福富町のアパートに潜伏している可能性が高い」

それを聞いた板橋課長が言った。

「すでに捜査員を向かわせています」

土地鑑のある神奈川県警の捜査員が向かっているはずだ。

竜崎はさらに言った。

「山東の証言によると、遺体発見の前日、黄梓豪は張浩然といっしょにいたということだ」

神山が言った。

「うちの情報と、その証言があれば、逮捕状が取れるでしょう」

伊丹が言った。

「すぐに手配してくれ。逮捕状が下りたら指名手配だ」

黄梓豪が福富町にいるとは限らない。高飛びなどの恐れもある。だから、田端課長の提言どおり指名手配をするのは正しい判断だと竜崎は思った。

田端課長がすぐに動いた。

竜崎はさらにメモと携帯の写真を出して言った。

「この呉俊熙という中国人が、遺体発見の前夜、黄梓豪、張浩然といっしょだったらしく、事情を知っているだろうということだ」

伊丹がこたえる。

「その呉俊熙の身柄を押さえるぞ。捜査員を福富町に集中しろ」

岩井管理官がこたえた。

「了解しました」

伊丹が言った。

「さあ、大詰めだぞ」


捜査本部は一気に活気づいた。

黄梓豪や呉俊熙が福富町に潜伏しているという保証は何もない。だが、伊丹が言ったとおり、捜査は大詰めだという実感が、竜崎にもあった。

捜査員はほとんどが出払っている。そして、電話が頻繁に鳴る。田端課長、板橋課長、そして岩井管理官が次々と指示を出し、連絡係が電話と無線でそれを各方面に伝える。

幹部席にいながら、捜査員たちの動きが手に取るようにわかった。

この段階から、竜崎や伊丹がやることはほとんどなくなる。ただ待つだけだ。

午後十時を過ぎた頃、岩井管理官が大声で告げた。

「黄梓豪と呉俊熙の姿を確認。当該のアパートに潜伏しています」

伊丹が言う。

「逮捕状は？」

田端課長がこたえる。

「もうじき下りるはずです」

「ガサ状も取って、現場の捜査員に届けろ。夜明けと同時に踏み込む。それまで逃走しないように周囲を固めておけ」

伊丹が言うまでもなく、現場はそれくらいのことは心得ている。だが、あえてそれを指示することも指揮官の役目だ。責任の所在を明らかにするためだ。

踏み込む前に、二人が逃走を図れば、捜査員たちはその場で身柄を確保するはずだ。

田端課長が伊丹に言った。

「夜明けまでは間があります。一度、お帰りになってはいかがですか？」

幹部席には署長の姿もある。二人の刑事部長が帰宅しないのだから、彼も帰れないのだ。

伊丹がこたえた。

「ここで捜査本部をあとにしたら、警察官じゃないぞ」

たしかにそのとおりかもしれないと、竜崎は思った。この状況で帰りたいと思う捜査員はいないだろう。おそらく署長も腹をくくっているはずだ。それが警察官だ。

竜崎は田端課長に言った。

「二人の身柄を確保したら、すぐに取り調べをしたい。通訳の手配を頼む」

田端課長より早く、板橋課長が言った。

「中国語の通訳なら、こちらで手配できます」

竜崎は言った。

「じゃあ、頼む」

やがて逮捕令状と捜索差押許可状が発付《はっぷ》され、それが張り込み現場に届けられた。

その知らせがあっただけで、捜査本部の中は長い停滞状態に入っていた。

捜査員たちは張り込みをしているので、時折、無線による確認の短いやり取りがあるだけだ。電話も鳴らなくなった。

そして、朝の六時になった。

伊丹が言った。

「横浜の日の出は、六時十分だったな……」

すでに知らせが回っているので、誰もがそれを心得ている。だが、つい口に出してしまうものだ。竜崎は生返事をした。

やがて、日の出の時刻となった。そして、さらに一分過ぎた。それでも知らせはない。連絡係が窓際《まどぎわ》の無線機に耳を寄せている。

突然、無線機から捜査員たちの声が流れはじめた。短いやり取りが矢継ぎ早に交わされる。幹部席からは何を言っているのかよく聞き取れない。

管理官席の電話が鳴った。

受話器を取った岩井管理官が、大声で告げた。

「黄梓豪の身柄確保」

伊丹が立ち上がった。竜崎も思わず腰を上げた。さらに岩井管理官の声が続いた。

「呉俊熙の身柄確保。これから捜査本部に身柄を運びます」

いつしか、幹部席の全員が立ち上がっていた。管理官席の者たちも立ち上がっている。

竜崎は板橋課長に言った。

「通訳が到着し次第、呉俊熙から事情を聞く」

「了解しました」

それから四十分後、黄梓豪と呉俊熙の身柄が町田署に到着した。

すぐに黄梓豪の取り調べが始められたが、彼は黙秘しているという。

被疑者の身柄を確保したので、捜査員たちの表情は明るい。みんな徹夜で疲れているはずなのに、気分が高揚しているのだろう。

福富町に向かった張り込みとウチコミの班は警視庁と神奈川県警の混成チームだった。妙な確執など今はまったく感じられない。

田端課長と板橋課長も、いつしか阿吽《あうん》の呼吸だ。

あれこれ考えるよりもいっしょに仕事をして結果を出すことが重要だと、竜崎は思っていた。

午前九時になると、中国語の通訳が到着したという知らせが入った。

岩井管理官がすぐに呉俊熙の取り調べを始めるように指示する。警視庁のベテラン捜査員が担当することになった。その捜査員が岩井管理官とともに幹部席にやってきた。

何事だろうと思っていると、岩井管理官が言った。

「呉俊熙から事情を聞き出すには、何か保証を与える必要があるかもしれません」

伊丹が尋ねた。

「取引ということか？」

捜査員が言った。

「発言を許可願えますか？」

伊丹がうなずく。

「言ってみろ」

「おそらく呉俊煕は黄梓豪を恐れているのだと思います」

伊丹が尋ねる。

「黄梓豪が国家安全部のエージェントだと知っているということか？」

「いや、おそらく知らないでしょう。でも、たぶん手下のような立場なのだと思います。張浩然の遺体を殺害場所から運ぶのを手伝ったのも呉俊煕ではないかと思います」

「それで……？」

「証言をしても自分は安全だと信じさせる必要があるでしょう」

伊丹は竜崎を見た。どう思うか無言で尋ねているのだ。

竜崎は言った。

「死体遺棄については、不問に付すということでいいんじゃないか」

「殺人の共犯だったら見逃せないぞ」

取り調べの担当者が言った。

「黄梓豪を起訴できるだけの証言を引き出そうと思ったら、呉俊熙を徹底的に保護しなければなりません。それが司法取引です。今のままでは、二人とも送検・起訴できません」

伊丹が難しい顔になった。

「ゼロか一かの選択か……。だがな、俺たち警察官が司法取引できるわけじゃない。検察官がやることだ」

田端課長が言った。

「頭が固くて融通がきかない検察官に、司法取引を提案して、うんと言いますかね……」

「そこだよな」

伊丹が言った。「検察官だって司法取引なんてやりたくないに決まっているし……。黄梓豪が中国の諜報員《ちょうほういん》だと知ったら、連中は隠蔽《いんぺい》したがるぞ」

竜崎は言った。

「訊かなければいい」

伊丹は眉《まゆ》をひそめて竜崎を見た。

「何だって？」

「殺人の共犯かどうかを質問しなければ、呉俊熙はこたえなくて済む」

「だが、それじゃ、事実上の司法取引だ」

「調書に事実が残らないだけだ。別に取引じゃない」

「意外だな。おまえのような杓子《しゃくし》定規なやつが、そんなことを言うなんて……」

「黄梓豪を見逃すわけにはいかない。どうしても呉俊熙の証言がいるんだ。だったら、他に選択肢はない」

伊丹が取り調べの担当者に言った。

「よし、今竜崎部長が言った線で行こう」

担当者が言った。

「たぶん、不法入国とか不法就労といった違反を犯していると思いますが、それも不問にしますか？」

「そうしたほうがいいと、君は思っているんだろう？」

「はい」

「俺たちは入国管理局じゃないんだ。入管法のことには関心はない。その件も、竜崎部長の方針に従う。つまり、訊かないんだよ」

「了解しました」

担当者は礼をしてその場を離れた。すぐに取調室に向かうのだろう。

伊丹が竜崎に言った。

「おまえの方針が功を奏することを祈るよ。違法捜査ぎりぎりだからな」

「悪質な違法性はない」

竜崎はこたえた。「だが、もし何か問題が起きたら、そのときは俺が責任を取る」


捜査員たちは、取り調べの結果を待っている。管理官席の岩井管理官や外事二課の二人や、幹部席の竜崎たちも同様だった。

遺体発見現場の周辺にある防犯カメラの映像からはめぼしい情報は得られなかった。まだ殺害現場が特定できていないので、目撃情報や物的証拠も見つかっていない。

黄梓豪の自白が取れればいいのだが、それは望めないだろう。なにせ相手は諜報機関のエージェントだ。

だとしたら、残るは呉俊熙の証言だけだ。

捜査員たちも、管理官席も、幹部席も、極端に口数が少なくなっていた。電話もほとんど鳴らない。

ただ待つしかないのは辛《つら》い。被疑者確保で高揚した気分も、今はすっかり冷めてしまった。そして再び、どんよりとした停滞の時間がやってきた。

いつしか昼が過ぎていた。寝不足がこたえて、竜崎も睡魔に襲われていた。

午後一時過ぎのことだ。取り調べの担当者が姿を見せた。彼はまっすぐに幹部席に向かってくる。

岩井管理官や外事二課の二人が駆け寄ってきた。

取り調べの担当者が伊丹に向かって言った。

「黄梓豪が、張浩然の首を折って殺害したところを目撃したという、呉俊熙の証言が取れました」

捜査員席から、おうっという歓声が上がった。

田端課長が尋ねる。

「殺害場所は？」

「潜伏していた福富町のアパートの部屋です」

岩井管理官はすぐに捜査員と鑑識をそこに向かわせた。

担当者がさらに言う。

「遺体を運んだのは、黄梓豪の知り合いの車だということです。中華料理店で仕入れに使っている軽のワンボックスカーです。ナンバーも判明しています」

田端課長がナンバーをメモすると、すぐに岩井管理官に命じた。

「このナンバーをNシステムにかけてくれ。ヒットするかもしれない」

「了解しました」

被疑者確保に続き、捜査本部の高揚は第二のピークを迎えていた。竜崎の眠気も一気に覚めていた。

まず、午後二時頃、Nシステムがヒットしたという知らせが入った。岩井管理官が幹部席に報告に来た。

「当該車両のナンバーは、十一月四日午前一時二分に、国道16号線、関内付近で記録されております。そのまま16号線を北上して各ポイントを通過しています。そして、記録が途絶えたのが、午前一時四十三分。相模原市南区のポイントが最後です。このコースは、福富町を出発して遺体発見現場の町田市三輪緑山《みわみどりやま》四丁目に至るコースと考えられますし、呉俊熙の証言とも一致しています」

さらに午後三時頃、福富町に行っている捜査員から連絡が入った。

日本の九龍城砦とも言われる福富町で、捜査は難航するのではないかと思っていたが、十一月三日の深夜に、黄梓豪ら中国人三人が何か揉《も》めている声を聞いたという証言が得られた。その現場のアパートを今、鑑識が調べているところだという。さらに、付近の防犯カメラの映像を入手したので、それをＳＳＢＣに送ったということだ。

「その証言は有力だ」

伊丹が言った。「さらに鑑識とＳＳＢＣが何か見つけてくれたら、それで送検だ」

そのとき、一人の係員が怪訝《けげん》そうな顔で管理官席に近づいていった。岩井管理官が彼の話を聞いて同じような表情になる。

竜崎は気になって、岩井管理官を呼んだ。

「どうかしたのか？」

幹部席にやってきた岩井管理官が戸惑った様子で言った。

「黄梓豪が、一番偉い人に会いたいと言っているらしいのですが……」

竜崎は思わず、伊丹と顔を見合わせた。

23

伊丹が言った。

「一番偉い人って、警視総監のことか？」

竜崎がこたえる。

「うちで言えば、県警本部長だ」

「さらに言えば、警察庁長官とか国家公安委員長とか……」

岩井管理官が戸惑った表情のまま言う。

「この場で一番偉い人ということだと思います」

それを受けて、伊丹が言う。

「つまり、俺か竜崎ということになるな」

竜崎はうなずく。

「両方とも刑事部長だから、そういうことになるな」

「おまえが行ってくれ」

竜崎は驚いた。

「どうして俺が……？」

「もともと山東や黄梓豪のことを担当していたのは、神奈川県警だ」

「ばかを言うな。黄梓豪は、殺人の被疑者だぞ」

「あの……」

二人のやり取りを聞いていた田端課長が言った。「お二人で話を聞かれてはいかがですか？」

竜崎は田端課長の顔を見た。それから立ち尽くしている岩井管理官を見た。

伊丹に視線を戻すと、竜崎は言った。

「課長の意見に、俺は異存はない」

「わかったよ。いっしょに行くか……」

岩井管理官が言った。

「取調室へどうぞ」

竜崎と伊丹は二人そろって移動した。

取り調べ担当者たちが緊張した面持ちで、竜崎と伊丹を迎えた。竜崎は言った。

「君たちは、いいから外に出ていてくれ」

担当者がこたえた。

「記録者はどうしましょう」

伊丹がこたえた。

「記録も取らなくていい」

「そういうわけには……」

最近、取り調べの可視化については特にうるさいのだ。

伊丹が言った。

「いいんだ。これは非公式な会談だ」

捜査員たちが取調室の外に出た。それと入れ違いで、竜崎と伊丹が入室する。スチール机の向こうに黄梓豪がいた。落ち着いた様子だった。

竜崎と伊丹は並んで、彼の向かい側に座った。

伊丹が言った。

「偉い人に会いたいということだから、俺たちが会うことにした。捜査本部では俺たちが一番上だ」

黄梓豪は何も言わずに、二人を交互に眺めている。

伊丹が続けて言った。

「話があるのなら、聞こう」

黄梓豪がおもむろに言った。

「条件次第では、話をしてもいい。でなければ、このまま黙秘を続ける」

伊丹がこたえる。

「黙秘は被疑者の権利だが、あまり利口な方法とは言えない」

竜崎は尋ねた。

「その条件とは何ですか？」

「私の身柄を本国に引き渡さないということだ」

竜崎は伊丹と顔を見合わせた。伊丹が言った。

「日本は中国と犯罪人引き渡し条約を結んでいない。だから、自動的に身柄を引き渡すことはない」

黄梓豪は表情を変えずに言った。

「本国から要求があれば、引き渡すのだろう？」

「それは、我々警察が決めることではない。要求があれば、東京高等裁判所が審理することになる」

「裁判を受けるなら、日本で裁判を受けたい」

竜崎は言った。

「基本的には属地主義なので、あなたの犯罪は日本の法律で裁かれることになります」

「私の身柄を中国に引き渡すことがないという確約があれば、黙秘をやめてもいい」

竜崎は言った。

「そういう取引はできません」

「日本も司法取引をするようになったと聞いている」

「警察官が取引をできるわけではありません。検察官や裁判官の判断になります」

「だから私は、偉い人に会いたいと言ったのだ」

伊丹が言った。

「偉いとか偉くないの問題じゃない。システムの問題なんだ」

「ならば、取引に応じられる人と話をしたい」

伊丹が溜《た》め息をついた。

「いいだろう。取引に応じよう。あんたの身柄は中国には引き渡さない。日本で裁判を受けられるようにする」

竜崎は驚いて言った。

「おまえにそれを約束する権限はない」

「おまえは黙っていろ」

「いや、黙っているわけにはいかない」

竜崎は黄梓豪を見て言った。「彼は嘘《うそ》をついています。あなたの自白がほしいからだ。彼も私も、あなたの身柄をどうするかについて約束することはできないのです」

伊丹が忌々《いまいま》しげに舌打ちをした。黄梓豪がじっと竜崎を見ている。

竜崎は言った。

「私個人としては、あなたを中国に引き渡したくはありません。日本で起きた犯罪なので、日本の法律で裁きたいと思います。そのための努力はします。しかし、何も約束することはできないのです」

「どうせ死刑になるなら、日本で刑を受けたい。本国に帰ると、死刑になる前にひどい拷問《ごうもん》を受けることになる」

竜崎は言った。

「あなたはそういう国に仕えていたのです」

冷たい言い方かもしれない。だが、それが事実だ。中国が日本国内で諜報活動を行っていたということは、日本を仮想敵国と考えていたことになる。敵対行動を取る相手に同情することはない。

黄梓豪が黙っていたので、竜崎はさらに言った。

「こちらの立場を繰り返し説明します。日本の裁判を受けてもらうのが一番望ましいと、私は考えているので、そのための努力はします。しかし、何も約束はできません。ですから、黙秘を続けたければ、このまま続けてください」

伊丹はむっつりと黙り込んだ。

竜崎は相手の出方を待とうと思った。誰も口を開かない。長い沈黙があった。

「どうやら黙秘を続けるということのようですね」

竜崎は立ち上がった。「けっこうです」

そのまま出入り口に向かう。

伊丹も立ち上がった。そのとき、黄梓豪が言った。

「待て」

竜崎と伊丹は同時に振り向いて、黄梓豪を見た。穏やかな眼をしていると、竜崎は思った。

先ほどまでの険しさがその眼差《まなざ》しから消えている。竜崎は尋ねた。

「何でしょう？　まだ、何か？」

「たしかに、あなたの言うとおりだ」

「私の言うとおり？」

「私は、そういう国に仕えていた。そういうことだ」

竜崎は無言でうなずいた。

黄梓豪が吐息を漏らしてから言った。

「質問にこたえよう」

竜崎は眉をひそめた。

「それは、黙秘をやめるということですか？」

「そうだ」

竜崎は立ったまま言った。

「では、質問します。あなたは、楊宇軒こと張浩然を殺害しましたか？」

黄梓豪がうなずいた。

「私がやった」

また、しばらく沈黙があった。

伊丹が言った。

「取引はしないと言っているのに、どうして話す気になった？」

黄梓豪は小さく肩をすくめると言った。

「そちらの人は信用できる」

彼は竜崎を見ていた。伊丹は竜崎を見てから、ふんと鼻を鳴らした。

竜崎と伊丹は部屋の外に出た。廊下で取り調べを担当していた三人の捜査員が待っていた。彼らは、無言で竜崎と伊丹の顔を見た。

竜崎が言った。

「自白するようだ。詳しく話を聞いてくれ」

三人は即座に取調室に入った。一刻も早く黄梓豪の話が聞きたいのだ。

竜崎と伊丹は、二人で廊下に立っていた。

「おまえが信用できるって、何だよ、まったく……」

「そんなことを、俺に言っても仕方がない」

「取引すると言っておけば、もっと早く話を聞き出せたかもしれない」

「おまえの嘘は通用しないよ。どんな場合も、本当のことを言ったほうがいい」

「ふん、たまたま結果が吉と出ただけだ」

「そうかもしれないが、とにかく自白が取れた」

伊丹が歩き出した。ちょっとだけ間を置いて、竜崎も捜査本部に向かった。

った。

「黄梓豪が自白した。今、担当者たちが詳しい話を聞いている」

そう田端課長と板橋課長に告げると、それを聞いていた岩井管理官が大きな声で言った。

「ああ。自白した」

「黄梓豪を落としましたか」

捜査員たちが、幹部席に注目した。伊丹がこたえた。

捜査員たちの「おう」という低い歓声が上がる。

伊丹が田端課長に指示する。

「すみやかに送検の手続きを進めてくれ」

「了解しました……」

そうこたえつつ、さらに何か言いたそうな顔をしている。竜崎は尋ねた。

「何か質問がありますか？」

田端課長が言った。

「マスコミには、どういうふうに発表をすればいいのでしょう」

竜崎はこたえた。

「ありのままに発表してください」

田端課長は驚いた顔になった。

「いいのですか？」

「隠す必要はありません」

すると、伊丹が言った。

「ちょっと待て。その話の結論はまだ出ていない」

「公安部長に啖呵《たんか》を切ったんだ。腹をくれよ」

伊丹は田端課長の顔を見た。それから板橋課長に眼を移し、竜崎に視線を戻した。

「公安だけじゃなく、外務省への根回しも必要だ」

「そんな必要はないと俺は思う。だが、おまえが必要だと思うなら、おまえが外務省に電話しろ」

「外務省に……？　いや、それは俺の役目じゃないな。取りあえず、副総監に知らせる」

判断に困ったときは、上司に下駄を預ける。それは正しいやり方だ。竜崎は、伊丹の真似《まね》をすることにした。

「じゃあ、俺は県警本部長に連絡する」

竜崎は警察電話の受話器を取った。

日曜日なので、総務部に人はいないだろう。竜崎は、直接本部長の携帯電話にかけることにした。電話はすぐにつながった。

「ああ、刑事部長？　何？」

「町田署の捜査本部の件ですが、被疑者が自白しました」

「あっそ。ごくろう」

「被疑者は、中国の国家安全部のエージェントで、被害者は政治的な弾圧を恐れて国外に逃亡した中国人でした」

「え、何それ。国家安全部ってやばいじゃない」

「事実のまま、マスコミに発表しようと思います」

しばらく間があった。やがて、佐藤本部長は言った。

「いいんじゃないの」

「認めていただけますか？」

「警視庁主導の事案だろう？　俺はいいよ、別に……」

「了解しました」

「隠すのは嫌いなんだね？」

「公務員が、国民に隠し事をして、いいことなど一つもないと思います」

佐藤本部長は声を上げて笑った。そして、電話が切れた。

伊丹は難しい顔で電話を続けている。しばらくして、彼はようやく受話器を置いた。

竜崎は尋ねた。

「副総監は何だって？」

「まあ、簡単に言うと、てめえのケツはてめえで拭《ふ》けってことだな」

「こっちは、いいんじゃないの、ということだ」

伊丹は渋い顔になった。

「神奈川県警は気楽でいいな」

「気楽なわけじゃない。佐藤本部長はなかなかの大人物だということだ」

「外務省への連絡は副総監がしてくれるというんだが……。つまりさ、副総監が言いたいのは、クビを覚悟でやれってことだ」

竜崎は言った。

「警察官僚は侍だ。腹を切る覚悟はできている」

「おまえ、時々恐ろしいことを平気で言うよな」

「本気だ」

「わかったよ。俺も腹を決めるよ」

伊丹は田端課長に向かって言った。「聞いてのとおりだ。事件のあらましは、ありのまま発表していい」

「国家安全部などの組織名もそのまま発表しますか？」

「その辺の判断は任せる。通常と同じ基準でいい」

田端課長がうなずいた。

「了解しました」

午後五時頃、黄梓豪の取り調べをしていた捜査員たちが戻って来て、管理官席に向かった。そして、岩井管理官が彼らを連れて、すぐに幹部席にやってきた。

田端課長が岩井管理官に尋ねた。

「取り調べの結果は？」

「全面自供だそうです」

「完落ちか」

その後、担当者から詳しい説明があった。おおむね、竜崎たちの読みと一致していた。

楊宇軒こと張浩然は、民主化運動の活動家として中国国内で司法機関からマークされていた。弾圧を恐れた張浩然は、日本に逃走する。

その情報が中国国家安全部の局員である黄梓豪に伝えられた。

黄梓豪は、以前から日本国内で諜報活動をしていた。手配師の山東に近づいたのは、その活動の一環だ。

山東の元には、仕事を求める外国人が寄ってくる。その中には中国人も多くいるわけで、通訳を買って出ると、労せずして多くの情報を得ることができたのだ。

黄梓豪は、いろいろと世話を焼く振りをして張浩然に接近した。だが、横浜中華街の縁者にも援助を拒絶され、警戒心の強まっていた張浩然は、黄梓豪の正体を疑いはじめる。

犯行の夜、黄梓豪は張浩然を横浜の福富町のアパートに連れていった。酒でも飲みながら話をして、なんとか張浩然の信頼を得ようとしたのだ。

だが、それが裏目に出た。酒が入ると、張浩然は感情的になり、黄梓豪を「国家の走狗《そうく》」ではないかと言いはじめたのだ。

そのうちに言い合いとなり、黄梓豪は張浩然への接近を諦《あきら》めた。それは同時に、監視対象を救済不能措置とすることだった。つまり、抹殺だ。黄梓豪にとって張浩然を消すことは、造作もないことだった。

その夜、張浩然を殺害するところを、呉俊熙に目撃されたが、それも別にどうということはないと考えていた。だから、遺体の始末を呉俊熙に手伝わせたのだ。

呉俊熙に、黄梓豪の知り合いの車を持ってこさせた。中華料理店を営む者が所有していた軽のワンボックスカーだ。

遺体を犯行現場に放置することはできない。見せしめの意味も込めて、張浩然の自宅アパートのそばに遺棄することにしたのだ。

黄梓豪は、それでも自分が捕まることはないと高をくっていた。善意の協力者を装《よそお》って町田署の捜査本部の様子を探りにいくことさえ行った。日本の警察が、中国国家安全部に手を出せるはずがないと考えていたのだ。

これまでは事実そうだったと、彼は言ったそうだ。

取り調べ担当者が言った。

「黄梓豪が最後に言ったことなんですが……」

伊丹が尋ねた。

「何だ？　言ってみろ」

「竜崎部長がいなければ、今回も放免されていたかもしれない、と……」

伊丹は溜め息をついてから「わかった」とだけ言った。

三人の担当者は礼をしてその場を去っていった。岩井管理官だけが残った。

田端課長が伊丹に言った。

「記者発表の際に、中国国家安全部を、中国の政府機関という文言に置き換えますが、いいですね?」

伊丹が竜崎に尋ねた。

「どう思う?」

竜崎はこたえた。

「それが通常の公開レベルならば、問題ないだろう」

田端課長が言った。

「いたずらに国民の危機感や憶測を招くような表現は避けたいと思います」

竜崎は言った。

「嘘をつかなければ、それでいいと思う」

「では、明日の午前に記者発表を行います」

伊丹はうなずいてから立ち上がった。

「皆、ごくろうだった」

彼は警視庁本部に引きあげるということだ。ならば、俺も引きあげようと、竜崎は思った。

「あとは、よろしく頼む」

板橋課長にそう言うと、竜崎も立ち上がった。

二人の刑事部長は、出入り口に向かった。その場に残っていた全員が起立していた。

24

翌日の午前中に、警視庁が記者発表を行ったので、テレビやラジオの昼のニュースで第一報が流れた。新聞報道は、その日の夕刊からだった。

世の中、さぞや大騒ぎになるだろうと、竜崎は思っていたが、いざ蓋《ふた》を開けてみると、予想したほどではなかった。

中国の政府機関職員が、日本国内で殺人事件を起こしたというのは、たしかにショッキングな事件だ。だが、被害者が日本人でなかったことが衝撃度をやわらげたのかもしれないと、竜崎は思った。

さらに、中国がどういう国か、すでに国民の多くが知っているのではないか。だから、世間はそれほど驚かなかったということなのかもしれない。

世間の反応は思ったより大きくなかったとはいえ、吉村公安部長が、このまま済ませるとは思えなかった。

案の定、その日の午後四時頃に、すぐに警視庁公安部に来るようにとの呼び出しがあった。

竜崎は伊丹に電話した。伊丹は言った。

「俺も呼び出されたよ」

「責任を取れとでも言うのかな……」

「腹を切るんだろう？」

「その覚悟で臨むよ」

「じゃあ、公安部で会おう」

竜崎は電話を切ると、阿久津参事官を呼んだ。阿久津はすぐにやってきた。

「お呼びでしょうか？」

「警視庁に行ってくる。しばらく留守を頼む」

「警視庁……？」

「公安部長から呼び出しだ」

「公安部長……？　中国の件ですか？」

「それしか考えられないな」

阿久津参事官は、余計なことは質問しなかった。

「お戻りは？」

「行ってみなければわからない」

「わかりました」

「短い付き合いだったかもしれないな」

「どういうことでしょう？」

「公安部長の考え次第では、私は処分されることになるかもしれない」

しばらく無言の間があった。やがて、阿久津参事官が言った。

「よもや、そんなことはないと思いますが……」

「そう思いたいが……」

「万が一、そんなことになったら、警察というのはつまらないところだと思います」

この言葉は、本音のように聞こえた。

だが、わからない。まだ阿久津参事官の正体は読めないのだ。竜崎は言った。

「では、でかける。後を頼むぞ」

「お戻りをお待ち申し上げております」


警視庁に到着したのは、午後五時過ぎだった。公安部を訪ねると、すぐに部長室に行くように言われた。

部長席の向こうに、吉村公安部長の姿があった。他には誰もいない。吉村部長は、竜崎の姿を見ると、うなずいてから、内線電話をかけた。

「伊丹刑事部長に伝えてくれ。竜崎部長が到着したと」

竜崎は立ったまま待たされた。しばらくすると、伊丹がやってきた。伊丹は竜崎を見るとうなずきかけた。

二人並んで部長席の前に立っていた。それを見て、吉村公安部長は言った。

「来てもらった理由はわかっているね？」

伊丹がこたえた。

「中国の件ですね？」

「外務省から警視総監のもとに連絡があった」

外務省の中国担当が、警視庁に怒鳴り込んだことは、容易に想像がつく。さらに、事態の重大さを知った警視総監が、公安部長を怒鳴りつけた。そういうことだろうと、竜崎は思った。

吉村部長は、たっぷりと間を取ってから言った。

「警視庁にしては、上出来だ。そう言われたそうだ」

竜崎は一瞬、何を言われたかわからなかった。思わず、伊丹と顔を見合わせる。

吉村部長の言葉が続いた。

「今回の検挙は、中国大使館へのどんな抗議よりも効き目があったと言っている」

「あの……」

伊丹が言った。「外務省から文句を言われたわけじゃないんですか？　外交上の障害になるとか……」

「外交か……」

吉村部長はしみじみとした口調で言った。「もし、事実を隠蔽《いんぺい》していたら、中国に弱みを見せたということになっただろうな。事実をありのままに報道したことで、強気の外交姿勢が保てたということらしい」

それは、最初から俺が主張していたことだ。

竜崎はそう思いながら、肩透かしを食らった気分だった。

吉村部長が言った。

「マスコミに嘘をつくような姑息《こそく》なことをやらずによかったと、総監にほめられた」

そこで彼は笑顔になった。「君らとの話し合いは無駄ではなかったということだ」

つまり、吉村部長は、「何かもっともらしいストーリーを考えろ」などと言ったのをなかったことにしたいわけだ。そのコンセンサスを取り付けるために竜崎たちを呼んだということなのだろう。

別にそれはそれで構わない。

伊丹が言った。

「意見を交換することで、最良の結果が得られたと存じます」

「そうだな」

吉村部長が言った。「これからも、よろしく頼む。話は以上だ」

竜崎と伊丹は礼をして、公安部長室を出た。

公安総務課を過ぎて廊下に出ると、伊丹が大きく息をついた。

「ああ、ここに来るときはどうなるかと思っていた」

竜崎はこたえた。

「俺もそうだ」

「吉村部長の機嫌がよかったのは、総監にほめられたからだろうな」

「結局、隠し事などしないほうがいいんだ」

「いつもこういうふうになるとは限らない」

「警視総監も言っていたそうじゃないか。姑息なことはしないほうがいい、と……。へたな小細工をすると、よけいに問題がこじれるんだよ」

伊丹は肩をすくめた。

「俺はおまえみたいに、割り切って考えられないんだよ」

「どうしてだ？　そのほうがずっと楽だと思うぞ」

「世の中、そんなに簡単なものじゃない」

「シンプルに考えればいいじゃないか」

伊丹はそれにはこたえずに、言った。

「俺は刑事部に戻る。おまえは県警本部に帰るんだろう？」

「ああ。帰る」

二人は下りエレベーターに乗った。六階に来ると、伊丹が言った。

「お疲れ。じゃあな」

竜崎はこたえた。

「ああ」

ドアが開き、伊丹がエレベーターを下りた。ドアが閉まる前、伊丹がふり向き右手を挙げた。竜崎はそれにうなずいてこたえた。

県警本部に戻ると、何事もなかったように阿久津参事官がやってきて言った。

「お帰りなさい。今日は、これからどうなさいますか？」

時計を見ると、午後六時半を過ぎている。竜崎はこたえた。

「帰宅する」

阿久津参事官がうなずいた。

「それでは、私も帰宅することにします」

彼は礼をして退出しようとした。竜崎は尋ねた。

「警視庁公安部で何があったのか、尋ねないのか？」

「尋ねる必要はないと思いましたので……」

「俺にどんな処分が下るか、気にならなかったのか？」

「気になりませんでした。何もないと信じておりましたので」

「俺がいなくなろうが、どうでもいいというふうに聞こえるが……」

「どうでもいいわけではありません。さすがにそれは困ります」

「困るのか？」

「また新任の部長が来るとなると、一から調べ直さなければなりませんから……」

竜崎は思わずほほえんでいた。

この男は、鼻持ちならないが、少なくともその場しのぎの嘘をつくようなやつではない。その点は信用できる。

竜崎は言った。

「ごくろうだった」

阿久津参事官は礼をして言った。

「部長も、本当にごくろうさまでした」

彼は部長室を出ていった。

25

「食事をしに行くんだ。電車でもタクシーでもいいじゃないか」

土曜日の夕方のことだった。竜崎は冴子と美紀を連れて、中華街に出かけることにしていた。

冴子がレンタカーを借りてくるので、それで出かけようと言い出したのだ。

「せっかくペーパードライバー教習を受けたのよ。その成果を見てもらわないと……」

「寿命が縮む思いがするのは嫌だ」

「そんなことのないように、教習を受けたのよ。心配ないわ」

「何も今日でなくても……」

「これから私は買い物に行くにも車を使うことになるのよ。今日も明日もないわ」

ペーパードライバー教習を受けるというからには、いつかはこういう日が来るとは思っていた。だが、いざとなると、なかなか腹をくくれない。

我ながら不思議なものだと、竜崎は思った。

警察で責任を取るためになら、いくらでも覚悟を決められるのに、こういうときはからきしだらしがない。

遊園地の絶叫マシンも苦手だ。ジェットコースターなら安全はある程度確保されているが、妻の運転となるとそうはいかない。

そんなことを思っていると、冴子が言った。

「公用車に乗ったつもりで、安心して」

結局、押し切られる形になった。

冴子が借りてきたのは、黒のセダンだった。本当に幹部用の公用車のようだ。助手席に美紀が乗り、竜崎は後部座席に乗った。

しっかりシートベルトをして、出発を待った。発進の瞬間はひどく緊張したが、案外、冴子の運転は滑らかだった。一度も危険を感じることなく、中華街近くの駐車場に停車した。

助手席の美紀が言った。

「へえ、お母さん、運転うまいじゃない」

「訓練の賜物《たまもの》よ。さて、お店はお父さんにお任せよ」

駐車場を出ると、竜崎はまっすぐに予約していた店に向かった。梅香楼だ。

店を訪れて、受付で名乗ると、すぐに呉博文が出てきた。

「やあ、竜崎さん。いらっしゃい。お待ち申し上げておりました」

「呉さん。私はただ食事の予約をしただけですよ」

「竜崎さんは、私のお客さんです。何でもわがままを言ってください」

「わかりました」

竜崎は言った。「では、二つお願いがあります」

「うかがいましょう」

「ちゃんとお代を払わせてください」

呉博文は言った。

「それは困りましたね。私のお客さんからお金は取りにくいです。でも、まあ竜崎さんがそうお望みなら……。もう一つは？」

「先日の席を使わせてください」

「ああ、『清明』の席ですね。わかりました。ご案内しましょう」

例の席に行こうとすると、そこにはすでに先客がいた。

滝口だった。彼は、竜崎と呉博文に気づくと立ち上がった。

「これは、竜崎部長に奥様……」

呉博文が言った。

「竜崎さんが、こちらの席をお使いになりたいとおっしゃるので……」

滝口が言った。

「あ、すぐに席を空けます」

竜崎は言った。

「まだ食事の途中でしょう。どうです？　ごいっしょに……」

滝口は慌《あわ》てた様子で言った。

「いえ、とんでもないです。私は奥様に合わせる顔がありません」

冴子が言った。

「最初は腹が立ったわね。でも、その後は私の予約を最優先にしてくださったのよ」

「当然のことをさせていただきました」

竜崎は言った。

「今回の捜査では、ずいぶんと助けていただきました。さすがは県警ＯＢです」

「今後も、何なりとお申し付けください。では、私はこれで失礼します」

呉博文が滝口に言った。

「一階に席を用意します」

滝口はうなずき、竜崎にもう一度礼をしてからその場を去っていった。

冴子が言った。

「まるで別人のようね」

竜崎はこたえた。

「もともと悪い人じゃないんだ」

「わかってるわ。おかげで運転がうまくなったし……」

冴子と美紀が並んで座り、その向かい側に竜崎が座った。

メニューを竜崎に手渡すと呉博文が言った。

「何でも言ってください」

竜崎は言った。

「では、料理は呉さんにお任せしますので、お勧めの品をお願いします」

呉博文は笑みを浮かべた。

「任せてください。では、お飲み物だけお決めください」

竜崎と美紀はビールを注文し、冴子はジャスミン茶を頼んだ。

呉博文がうやうやしく礼をしてその場を去ると、冴子が言った。

「中華街に馴染《なじ》みの店があるとは思わなかったわ」

「捜査の過程で知ったんだ。料理もそうだが、この席が気に入ってね」

冴子と美紀がテーブルを見る。美紀が言った。

「何これ。何か字が彫ってある」

冴子が言った。

「漢詩ね」

竜崎はこたえた。

「そう『清明』という漢詩だ」

美紀が怪訝《けげん》そうな顔で尋ねた。

「セイメイ……？」

「そう。杜牧という人の詩だ。清明というのは、二十四節気《にじゅうしせっき》の一つで、旧暦では三月節と言われたそうだが、現在の暦で言うと、四月の上旬だ。すべてが、すがすがしく明るい季節ということらしい」

「あら……」

冴子が目を丸くする。「あなたがそんなことを知っているなんて、意外ね」

「実は、この漢詩が気に入って、ちょっと調べてみたんだ」

「漢詩が気に入るなんて、ますます意外」

飲み物がやってきて、形ばかりの乾杯を交わす。

思えば、警察庁や大森署にいた頃は、こうして家族で外出して食事をすることなどなかった。これから先もどうなるかわからないが、神奈川県警にやってきて、東京にいるときとは少しばかり気分が変わったことは確かだった。

美紀がまだテーブルに彫られた『清明』を見つめている。

竜崎はそれを読み下してやった。

「へえ……」

美紀は感心した顔になった。「その詩って、どういう意味なの？」

「じゃあ、解説してやろう」

竜崎は、以前滝口から聞いた詩の意味を思い出しながら、解説を始めた。

清明の季節なのに、雨が降り続いている。すっかり気が滅入《めい》った旅人は、酒でも飲もうと、通りかかった牛飼いの少年に尋ねる。この近くに酒屋はないだろうか。少年は遥《はる》かかなたの、杏《あんず》の咲く村を指さす。

美紀だけでなく、冴子も聴き入っている。

詩の解説をしながら、竜崎は春雨に煙る、みずみずしい光景を頭の中に描いていた。

それはしばし現実を忘れるくらいに美しく、どこか懐《なつ》かしかった。
やがて、前菜が運ばれてきて、竜崎たちは箸《はし》を取った。
八角の香りがした。

解説

吉田大助

前作『棲月《せいげつ》　隠蔽《いんぺい》捜査7』のラスト一行は、〈車は神奈川県警本部に向かっている。新しい職場が、竜崎《りゅうざき》を待っている〉。

このたび文庫化された本作『清明　隠蔽捜査8』は、主人公の竜崎伸也《しんや》が、署長として赴任していた前任地・警視庁大森警察署から乗ってきた公用車を降り、「新しい職場」である神奈川県警本部へと入っていくシーンで幕を開ける。と同時に、スピンオフ二作を含めるとちょうど一〇巻目となる本巻をもって、〈隠蔽捜査シリーズ〉は新章へと突入した。

周知の通り、警察小説の新たな歴史を切り開いたと名高い第一作『隠蔽捜査』の主人公・竜崎は、これまでの警察モノでは主人公の敵役（悪役）となることが多かった、いわゆるキャリアだ。キャリアとは、国家公務員総合職試験を突破し、将来の警察幹部候補として毎年十数名のみが採用されるエリート中のエリート。初任から警部補の階級が与えられ、管理職として振る舞うことを余儀なくされているがゆえに、「現場を知らない」と内外から揶揄《やゆ》されることも多い。

本作品の単行本刊行時、著者は「波」二〇二〇年二月号でインタビューを受けている。そこで明かされた、第一作の執筆経緯が面白い。もともと編集者からの原稿依頼は、「官僚小説」だったそうだ。

〈正直なところ、官僚小説と言われてもピンときませんでした。官僚など書いたことないし、よく知らない。でも、警察のことはずっと書いてきて慣れているから、「では、警察の官僚の話ではどうでしょう」と。（中略）／警察に限らず、どんな分野の小説でも、官僚というのはたいてい悪役として登場しますよね。（中略）／ただ、ではその嫌な官僚の立場になってみるとどうだろう、と〉

周囲を嫌な気持ちにさせ、ギョッとさせる竜崎の傍若無人な言動には、彼なりの信念がある。端的に言えば、国家公務員である警察官は国民のために、より良い仕事をしなければいけないということ。そのためには、体育会系の階級社会である警察組織の論理に従うのではなく、より良い仕事——のちに竜崎はそれを「理想」と表現する——とは何かを己に問うたうえで、人間同士が構築する社会関係にとって当たり前に大事なこと、すなわち「原理原則」に基づいて行動することが重要である。第一作から登場する竜崎の幼馴染《おさななじみ》でなおかつ同期のキャリアでもある伊丹《いたみ》は、竜崎に比べてずっと軽やかで自由に見えるが、よっぽど四面四角な考え方の持ち主なのだ。

物語の多層的な構造も、竜崎のヒーロー像を際立《きわだ》たせる役を担《にな》っていた。連続殺人事件という「警察外」の事件と、組織の論理がはびこる「警察内」の事情、さらに「家庭内」のトラブルが絡《から》み合っていくのだ。二〇一四年にTBS系「月曜ミステリーシアター」枠で放送されたテレビドラマ版『隠蔽捜査』、第一話のタイトルは「事件は現場だけじゃない！　会議室と家庭でも起きてるんだ！」だった。常人であれば、あっぷあっぷあっぷとなり易《やす》きに流れるところだろう。しかし、竜崎はブレずに「原理原則」を守り続けた。そのヒーロー像に多くの読者が胸を震わせたからこそ、『隠蔽捜査』は大ヒット作となったのだ。

先の著者インタビューでは、第二作『果断　隠蔽捜査2』についての言及も興味深い。第一作で竜崎は警察庁長官官房の総務課長だったが、息子の邦彦《くにひこ》が起こした事件により出世レースから脱落し、第二作では大森署の署長に「左遷《させん》」されてしまう。〈彼はキャリアの課長ですから、普通は現場には関わりません。でも私としては、どうしても「官僚小説」ではなく「警察小説」が書きたいわけです。／警察庁の官僚を、なんとか所轄《しょかつ》に行かせられないか。となると、懲戒処分しかないだろうということで、竜崎は家族の不祥事によって大森署の署長に飛ばされます〉

その結果、物語の舞台は大森署へと移っていった。所轄署での「現場を知る」経験は、竜崎に何をもたらしたのか？　まず大前提として指摘しておきたいことは、もともと竜崎は正論に対する異論を一分一厘《りん》も通さない、石頭ではなかったということだ。第一作から引用する。

〈原則を大切にしなければ、システムは腐敗する。何が重要なのかわからないから、無能な役人は法の条文や通達の文面だけをなぞって、それを闇雲《やみくも》に実行しようとする。そして、前例だけを重視するようになる。いわゆるお役所仕事だ。それは、疲弊した役所のシステムだ。本当に有能な官僚を集めた、有効なシステムというのは、原則を大切にした、即応性のある、柔軟なものだというイメージがあった〉

原則を大切にした、即応性のある、柔軟なもの――そうした機能を取り入れる重要性は、役所の仕事のみならず、個人の仕事や人生にも当てはまるだろう。そのうちの「柔軟」を、竜崎は大森署時代に育《はぐく》んでいったのではないかと思うのだ。彼自身による総括は、前作『棲月　隠蔽捜査7』において幾度か記録されている。それはまず、妻の冴子《さえこ》からの指摘としてもたらされた。「人間関係が合理的な判断を鈍らせることがあると、あなたは言った。でもね、人間関係が仕事の役に立つこともある。あなたは、大森署でそれを学んだんじゃない？」。そして、中盤に登場するモノローグが決定的だ。

〈これまで竜崎は、キャリアの仕事は管理だと割り切っていた。（中略）／今でもその考えに変わりはない。／だが、少しだけニュアンスが変わったような気がする。現場の動きを肌で感じるようになったのだ。／もちろん、個々の捜査員がどこで何をしているかはわからない。（中略）／彼らがどこで何をしていようが気にはならない。だが、何を考え、何をしようとしているのかは気になる。／それをしっかり見据えるのが管理者の仕事だと、竜崎は考えるようになっていた〉

今の竜崎には、第一作の頃のような、周囲がその言動にギョッとする「変人」っぷりは鳴りを潜めている。どこか現実離れした印象すらあったヒーローは、大森署の部下たちと共に捜査を重ねた日々のなかで、「柔軟」さを手に入れたのだ。単に丸くなったのではない。現実に存在し得るヒーローとして、より魅力的になった。

そんな竜崎が、新章開幕となる本巻からエリート街道に返り咲き、神奈川県警本部の幹部である刑事部長となった。左遷された大森署署長時代の『宰領　隠蔽捜査5』で、要らぬ縄張り争いを吹っかけられることになった、あの神奈川県警である。旧知のメンツとの（相手にとっての）気まずい再会は、読みどころの一つだ。

　ところで、本稿で第一作についてやや長めに紹介したことには理由がある。もともと第一作は、作中でも言及されている通り、一九九五年三月に発生した警察庁長官狙《そ》撃《げき》事件——当時日本の警察庁長官であった國松孝次が自宅マンション前で何者かに狙撃された事件——に材を得ている。実は事件から一年二ヶ月後に、警視庁巡査長が真偽は定かでないとはいえ犯行を供述していたのだが、警視庁公安部はそれを揉《も》み消そうとした。その結果、警視庁は公安部長を更迭《こうてつ》し警視総監は辞職した。この一連の事件から、著者は「隠蔽」というテーマを取り出し、主人公にぶち当ててみせたのだ。

　第二作以降は、警察組織の「隠蔽体質」は幾度となく議論の俎上《そじょう》にあがりながらも、竜崎がシリーズタイトルにもなっている「隠蔽」と真正面から向き合う機会はなかなかなかった。しかし、著者は新章の開幕に当たり、「隠蔽」を再び竜崎にぶち当ててきた。本巻が「隠蔽」というテーマとダイレクトに呼応している証拠は、タイトルからも明らかであるように思われる。シリーズ二作目以降は「果断」「疑心」「初陣」「転迷」「宰領」「自覚」「去就」「棲月」と来て、「清明」。すなわち「清く明らかなこと」（『広辞苑』より）だ。

　本巻において幾度か登場する「隠蔽」の一語は、初対面となった神奈川県警本部の本部長がまず最初に発する。神奈川県警の問題は「不祥事を隠蔽しようとする体質なんだと思う」、それを竜崎に改めてもらいたいんだ、と。

物語は、県境で発生した死体遺棄事件により大きく動き出す。盟友・伊丹が率いる警視庁の面々と再会するものの、伊丹の視線が以前とはどこか違うことに気づく。被害者は中国人であると判明し、公安との連携が必要となってくるのも難題だ。さらに加えて、妻の冴子が交通事故を起こした。「警察外」の凶悪事件、「警察内」のきな臭い事情、「家庭内」のトラブル……。中国が絡みスケールアップした三つ巴《どもえ》状況を、竜崎が捌《さば》いていく姿はまさに面目躍如。「現場」のトップに立つ刑事部長がこんなふうに公明正大であれば、共に捜査する刑事たちも、そればかりか事件の参考人や被疑者とも腹を割って話し合うことができるのだ。そして、その先に「隠蔽」のテーマが顔を出す。

傍若無人に見える第一作の竜崎に比べれば、大森署時代に現場で揉まれ成長を遂げた第一〇作の竜崎は、確かに変わった。部下の意見に対して「一理あるな」と受け入れる姿勢は、第一作では見られなかったもの。初対面の本部長は「聞いてた印象じゃさ、もっと破天荒な感じだと思ってさ」と、驚いていたくらいだ。しかし、それ以上に本巻において強く感じられたのは、根幹の部分は全く変わっていないという事実だ。

その事実を色濃く輪郭づけるために、第一作と重なる「隠蔽」というテーマを著者はあえて選んだのではないか。

シリーズは現在、続刊にあたる『探花　隠蔽捜査9』まで刊行済みだ。横須賀の米軍基地近くで殺人事件が発生し、米兵が被疑者である可能性が浮上。日米地位協定の存在により、日本の警察は自由な捜査ができないかもしれない……という場面で、竜崎が動く。捜査は部下たちを信頼して任せる。その代わり、部下たちが自分の仕事をまっとうできるよう、米軍基地へ乗り込んで捜査権限にまつわる交渉を試みるのだ。「責任を取る」という言葉を伴ったうえでの決断の速さといい、これぞ上司の仕事、と言いたくなる展開が目白押しだ。

本巻は横浜中華街がキーとなったが、続刊では横須賀の米軍基地が重要な舞台に選ばれている。大森署時代とは質が異なる、多国籍自治体ゆえに生まれる事件の数々は新章の魅力と言える。また、中国、米国と、ここへ来て物語が如実《にょじつ》にスケールアップしているが、相手が大国であれ物おじせず本音と正論を述べる竜崎の「変わらなさ」は際立っている。

最後に、警察小説としての本シリーズの個性をもうひとつ記述しておきたい。このシリーズでは、警察関係者内の「無能」の存在によって主人公たちの足が引っ張られてしまう、というプロットはほぼ採用されていない。その選択の裏には、警察組織を「無能」とする謂《いわ》れなき言説が、マスメディアで悪し様《あ》に語られることへの著者の違和感があるだろう。だから、このシリーズの中に「無能」な者はいない。ただし「良かれと思って」組織のために行動する人間が大勢おり、足を引っ張ってしまうのだ。こうした「良かれ」の魔を祓《はら》うためにはどうしたらいいか？　事件解決後、伊丹は竜崎の言動への感謝を込めて、上司にこう報告する。「意見を交換することで、最良の結果が得られたと存じます」。第一作の伊丹を思い出してほしい。シリーズを通して伊丹もまた、変わったのだ。

空気を読み合うのではなく、意見を交わし合うこと。そうすることで、「良かれ」の魔を祓うこと——。新章開幕となる本巻で、竜崎はそのことを教えてくれた。

（二〇二二年三月、ライター）

この作品は二〇二〇年一月新潮社より刊行された。

今野敏著
自覚
—隠蔽捜査5.5—
副署長、女性キャリアから、くせ者刑事まで。原理原則を貫く警察官僚・竜崎伸也が、さまざまな困難に直面した七人の警察官を救う！

今野敏著
去就
—隠蔽捜査6—
ストーカーと殺人をめぐる難事件に立ち向かう竜崎署長。彼を陥れようとする警察幹部が現れて。捜査と組織を描き切る、警察小説。

今野敏著
棲月
—隠蔽捜査7—
鉄道・銀行を襲うシステムダウン。謎めいた非行少年殺害事件。姿の見えぬ〝敵〟を追え！　竜崎伸也大森署署長、最後の事件。

今野敏著
リオ
—警視庁強行犯係・樋口顕—
捜査本部は間違っている！　火曜日の連続殺人を捜査する樋口警部補。彼の直感がそう告げた。刑事たちの真実を描く本格警察小説。

今野敏著
朱夏
—警視庁強行犯係・樋口顕—
妻が失踪した。樋口警部補は、所轄の氏家とともに非公式の捜査を始める。鍛えられた男たちの眼に映った誘拐容疑者、だが彼は——。

今野敏著
ビート
—警視庁強行犯係・樋口顕—
島崎刑事の苦悩に樋口は気づいた。島崎は実の息子を殺人犯だと疑っているのだ。捜査官と家庭人の間で揺れる男たち。本格警察小説。

清《せい》　明《めい》

―隠蔽捜査8―

新潮文庫　こ－42－60

令和四年六月一日発行

著者　今《こん》野《の》敏《びん》

発行者　佐藤隆信

発行所　株式会社新潮社

郵便番号　一六二―八七一一
東京都新宿区矢来町七一
電話　編集部(〇三)三二六六―五四四〇
　　　読者係(〇三)三二六六―五一一一
https://www.shinchosha.co.jp

価格はカバーに表示してあります。

乱丁・落丁本は、ご面倒ですが小社読者係宛ご送付ください。送料小社負担にてお取替えいたします。

印刷・大日本印刷株式会社　製本・加藤製本株式会社

ISBN978-4-10-132164-6 C0193